夏へのトンネル、
さよならの出口
八目 迷
illust. くっか

目次

design
たにごめかぶと
(ムシカゴグラフィクス)

夏へのトンネル、さよならの出口

八目 迷　illust. くっか

character
登場人物

塔野《とうの》カオル
主人公。田舎町の高校二年生。

花城《はなしろ》あんず
東京からきた転校生。

加賀翔平《かがしょうへい》
カオルの友人。

川崎小春《かわさきこはる》
カオルをパシリとして使うクラスメイト。

塔野カレン
カオルの妹。五年前に死去。

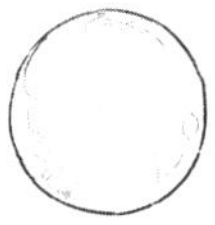

第一章

モノクロームの晴天

夏は嫌いだ。

七月を迎えたばかりの朝とは思えない、うだるような暑さのなか。電車を待ちながらそんなことを思った。

激しい陽射《ひざ》しもセミの合唱も、情緒を感じるにはあまりに過剰で、僕は気疲れしてしまう。しょわしょわと鳴くセミの声に混じって、『ぱんぽーん』と構内アナウンスを予告するチャイムが鳴った。

『えー、ただいま、前の電車が鹿《しか》と接触したため大幅な遅延が発生しております。お急ぎのところお客様には大変ご迷惑をおかけしますが、しばらくお待ちください――』

電柱に取りつけられた古いスピーカーは、最後にブツッと切断音を吐き出してアナウンスを終了した。

またか、と僕はうんざりした。先月の遅延はイノシシが原因だった。

正面には海。振り返れば山。単線の線路に片面のホーム。県内有数の秘境駅として知られる僕の通学駅には、こういうことがわりとよくある。学校に遅れること自体はそれほど気にならない、というかむしろこれに関してはラッキーだけど、さんさんと照りつける太陽のもとで待ちぼうけを食らうのは、まったく嬉《うれ》しくなかった。

動物との接触は、早いときは三分程度の遅延で済むけど、一時間くらいかかることもある。今回は「大幅な遅延」とアナウンスされていたので、僕の経験上、あと三〇分は待つことになる。それだけの時間、この炎天下で過ごさなければならないと思うと、気が滅入った。

「あちぃ……」

つう、とこめかみに流れる汗を、ワイシャツの二の腕の部分で拭《ぬぐ》い取る。

自動改札すら設置されていないこの無人駅に、冷房の効いたスペースなんて贅沢《ぜいたく》なものがあるはずもなく。僕はせいぜい木製の屋根つきベンチに移動して、暑さをしのぐほかなかった。

ベンチは横並びに二つある。片方のベンチでは、僕と同じ高校の女の子二人が取り留めのないお喋《しゃべ》りをしている。

「よっしゃ、一時間目の体育サボれそー」

「でもなんか鹿、可哀想《かわいそう》じゃない？」

「いや弱肉強食でしょ」

会話がいまいち嚙《か》み合っていない。でも本人たちは特に気にしている様子もなく、けらけらと笑い合っている。いつもどおりの光景だった。

僕は二人の会話を邪魔しないよう、できるだけ気配を消して空いているほうのベンチに座った。ワイシャツの第一ボタンを外して襟元《えりもと》をパタパタしながら背もたれに身体《からだ》を預ける。すると、サワァ、とぬるい風が吹き、潮の香りが鼻腔《びこう》を撫《な》でた。

線路の向こう側にはなだらかな海崖《かいがい》と霞《かす》んだ水平線が見える。遠くになるほど白みがかる空に比例して、海の青さは深みを増す。海面は陽の光を反射させながら、静かに揺らめいていた。

ろうそくの火や小川の流水を見ていると気持ちが落ち着くように、朝の海も本能を撫《な》でつける何かがある。ずっと眺めていても飽きが来ることなく、むしろどんどん引き込まれてそれが妙に心地よい。

しばらくぼんやり海を眺めたあと、僕は後ろを向いて柱に取りつけられた時計を見た。時刻は八時三〇分。今すぐ電車が来ても、ここから学校の最寄り駅まで二〇分ほどかかる。授業が始まるのは五〇分からだから、この時点で遅刻は確定している。

気長に待とうかな、と思って僕は目をつむり、寝る態勢に入った。

「ウラシマトンネルって、知ってる?」

聞き慣れない単語に耳がピクリと反応した。隣の女の子が発したものだ。

「何それ?　心霊スポット?」

「いやちょっと違う。たしかに非科学的?　って感じなんだけど、都市伝説みたいな」

「怖い系?」

「微妙」

「えーやだ。あんま聞きたくない」

「大丈夫大丈夫、別にユーレイが出るとかじゃないから。そのウラシマトンネルに入ったらさ、欲しいものがなんでも手に入るの」

「なんでも?」

「なんでも」

「ふーん。……え、それだけ？」

「ちょっと怖いのはここから。欲しいものが手に入ったら、じゃあ帰ろってなるでしょ？　でもウラシマトンネルはただじゃ帰してくれないわけ」

「どうなんの？」

「なんかね、年取っちゃうの。それもおじいさんおばあさんになるくらい、一気に」

「へー。若さと物欲どっちを取るか、みたいな話？」

「そーそー」

「たしかにちょっと怖いね」

「でしょ？」

　怖いっていえばさー昨日部屋にでっかいクモ出てさー、えーそれでー？　おじーちゃんに新聞紙でバンッてしてもらったー、おじーちゃんつえー、だよねー……二人はコロコロと話題を変えながらハイスピードで喋《しゃべ》り続ける。僕はゴミ箱に突っ込まれた新聞紙を拝借するように、話題の一つを拾い上げて脳内で広げた。

　ウラシマトンネル。入ったら欲しいものがなんでも手に入る代償に、年を取る。

　初めて聞く都市伝説だ。たぶんベースは浦島太郎。なんでも手に入るってところは都市伝説らしくてちょっと陳腐だけど、年を取るってのはあまり聞いたことがない。もし若さを求めている人がそのウラシマトンネルに入ったらどうなるんだろう。一回若返ってから出た瞬間に年を取るとか？　なら若返る薬だったら何度でも出入りできるのかな。不老不死の身体《からだ》とかでも。

「なんでも」って言葉はもっと慎重に使うべきだよな、との結論が出たところで、目を開けた。

電車が来た。時計を見て、三五分の遅延だと知る。うとうとしながらあれこれ考えていたせいか、そこまで長さは感じなかった。

鹿《しか》を轢《ひ》いたから電車の先頭に血がついてる、なんてことはなくていつもどおりだ。僕は車両の後部から電車に乗り込む。冷房の効いた車内はため息が出るほど快適で、火照《ほて》った身体がたちどころに冷えていく。

適当な座席に腰を下ろすと、プシュー、と扉が閉まり電車が動きだした。

『本日もご利用ありがとうございます。お客様に、お詫《わ》びとお知らせを申し上げます――』

遅延を詫びるアナウンスを聞き流しながら、僕はふと思い出す。

あ。そういえば。

今日、転校生が来るんだっけ。

香崎《こうざき》高校は駅からほど近いところにある。ここらへんの学生はよほどのバカか優等生でない限りこの高校に通う。たまに狸《たぬき》や狐《きつね》なんかが運動場に迷い込むけど、ちょっと校舎が古臭いだけで、普通の高校だ。

昇降口で靴を履き替え、2―Aの教室を目指す。今はちょうど休み時間だから、廊下でだべっている生徒がちらほら見られた。

階段を上がり、廊下を少し進んだところで、おや、と思った。

2―Aの教室の前に人だかりができていた。誰《だれ》か窓ガラスでも割ったのかな、と思ってすぐに、ああ転校生を見に来たのか、と一人で納得する。女子だって聞いたけど、人目を引くほど可愛《かわい》い子なんだろうか。

僕は生徒をかき分けて教室に入る。転校生はすぐに分かった。

女子はセーラー服と決まっている香崎高校で、ジャンパースカートを着た彼女は抜群の存在感を放っていた。まだ制服が用意できていないのだろう。他の女子と服装が違うだけで、適当な写真を切り抜いてペタッと貼《は》りつけたみたいに周りから浮いて見える。顔は、なるほどたしかに可愛かった。黒髪ロングのストレートでぱっと見は大人っぽいけど、瞳《ひとみ》の大きなつり目が全体の印象をいい感じに柔らかくしている。背筋をスッと伸ばして読書にふける姿は、なかなか絵になる光景だった。

クラスで一番可愛いと評判の川崎《かわさき》さんと同じくらいかそれ以上に美人さんだ。ただ、なんだろう。容姿が整いすぎているせいか、ちょっと近寄りがたい雰囲気がある。現に話題の的であろう転校生だというのに、誰一人彼女に話しかけようとしない。みんな遠巻きに眺めているだけだ。

僕は廊下側にある自分の席についた。

「よう、カオル」

「ああ、おはよう」

声をかけてきた長身で短髪のクラスメイトは加賀《かが》だった。加賀はいかにもスポーツマンって感じの見た目だけど、書道部のインドア派で、趣味はボトルシップのインテリ男子だ。

「電車、鹿轢《しかひ》いたらしいな」

「うん」

「最近多いな。バイク通学だからそういうアクシデント羨《うらや》ましいわ」

「そう？　夏は暑いし冬は寒いしでいいことないよ」

「それは原付きでも同じだろ」

「たしかに」

加賀は転校生を一瞥《いちべつ》する。

「東京じゃ、電車が動物轢くこととかねえんだろうな」

「いや、あるでしょ」

「あるか？」

「人間とか」

「……お前ってさ、たまにそういうことさらっと言うよな」

加賀は露骨に顔をしかめてそう言った。

そういうことがどういうことなのかよく分からないけど、たしかに今のは不謹慎だったかもしれない。僕は話題を変える。

「ていうか、なんで東京？」

「転校生が前いたとこなんだとよ。ハマセンが言ってた」

浜本《はまもと》先生だからハマセン。着任一年目の女教師で僕らの担任だ。ちなみに女教師ってほどの色気はない。

「へえ、東京かぁ」

「災難だよな。こんなド田舎に引っ越しとか」

はは、と軽く笑い飛ばして僕は転校生を見た。

「やっぱ空気が合わないとか、そういうの？」

「何が？」

「あの転校生、孤立しているように見えるからさ」

お？　と加賀はちょっと感心するような声を上げた。

「気になんの？　やっぱ顔が可愛《かわい》いから？」

「別に、なんとなくだよ」

「あいつ、花城《はなしろ》あんずっていうんだけどさ」

頷《うなず》いて、先を促す。

「なかなかいい性格してるぜ」

加賀《かが》は面白そうに話し始めた。

花城《はなしろ》あんずは、家庭の事情でこの香崎《こうざき》に引っ越してきたそうだ。転校はこれが初めて。そこまでハマセンが紹介して「じゃあ花城さんからも皆さんに一言どうぞ〜」って言ったら花城は、「いえ特にないです。っていうか座っていいですか?」と早口で答えたらしい。そのときの目つきがえらい鋭くてハマセン完全にビビってた、とは加賀の談だ。

事実として花城のツンケンっぷりは相当なもので、こうして僕たちが話している間にも彼女に話しかけたクラスメイトが「本読んでるから話しかけないでほしいんだけど」とスッパリ追い返されていた。

「そりゃ孤立もしちゃうか」

僕は苦笑する。

「見た目は悪くないのにもったいねえよな。いじめられたりしなきゃいいけど」

「気は強そうだし、別に大丈夫じゃない?」

言いながら僕は数学の教科書とノートを鞄《かばん》から取り出す。今は転校生よりも次の授業のほうが大事だ。小テストがある。

二時間目の始まりを告げるチャイムが鳴った。

性格に難ありの花城はしかしなかなか優秀だった。先生に指名されればノータイムで正解を答えるし、体育では陸上部を凌《しの》ぐ駿足《しゅんそく》を見せた。女子にスゴイスゴイと誉《ほ》められてもそれを鼻にかけることなく、「いやむしろなんでこんなこともできないの?」とでも言いたげに冷ややかな視線を返すだけだ。何度かクラスメイトから部活の勧誘を受ける姿も見たけど、すべて「面倒だから」の一言で断っていた。

どうやら花城は誰《だれ》とも仲良くする気がないらしく、休み時間もそのほとんどを読書に費やしていた。

本来彼女のような異分子は糾弾《きゅうだん》されそうなものだけど、突出した能力は「変なヤツ」を「天才肌」に解釈させる力があるようで、花城は転校初日の昼休みにして「孤高の人」となっていた。

しかしそれが気に食わない人もいた。

「ねえ。ちょっと下の自販機でチェリオのコーラ買ってきてよ」

脱色して明るい茶色になったボブパーマに、短いスカート。そして踵《かかと》を潰《つぶ》した上靴。まさに『女子生徒の服装　悪い見本』がそのまま飛び出してきたかのような校則違反のオンパレード。クラスで一番可愛《かわい》いと評判の川崎《かわさき》さんだ。

川崎さんはただ可愛いだけならそれでよかったのに、かなりのワガママでプライドも高かった。おまけに喧嘩《けんか》っぱやいことで有名な不良の先輩とお付き合いがあるとの噂《うわさ》もあり、クラスメイトは誰《だれ》も彼女に逆らえずにいる。三年生の強力なバックに傍若無人な性格とくれば、彼女がクラスで女王様の地位についていることは必然だった。

川崎《かわさき》さんは百円玉を花城《はなしろ》に無理やり握らせた。花城はそれを不思議そうに見つめて呟《つぶや》く。

「ちぇりおって何？」

「え、知らないの？」

「聞いたことない」

「ふーん。別にどうでもいいけど早く買ってきてよ」

「百円で足りるの？」

「足りるわよ」

「美味《おい》しいのそれ？」

「は？　どうでもいいでしょ」

「コーラ以外にも種類があるの？」

「いいから早く買ってこいっつうの！」

ガンッ！　と机を蹴《け》って川崎さんが吠《ほ》える。花城は無表情で立ち上がると、静かに教室から出ていった。その後ろ姿を見て川崎さんは自分の椅子《いす》にドカッと座り、「ほらね？　ちょっと怒鳴ればよゆーだから」などと取り巻きに自慢していた。

花城はすぐに帰ってきた。右手にチェリオのコーラを持って。そして川崎さんの目の前でプルタブを起こしプシュッと音を響かせると、勢いよくコーラを飲み始めた。突拍子もない花城の行動に教室は凍りつき、川崎さんは唖然《あぜん》とする。花城は缶が完全に逆さになるまで中身を飲み干すと、ぷは、と桜色の唇《くちびる》を飲み口から離した。

「ん。ごちそうさま」

花城はコーラの空き缶を川崎さんの机に置くと、何事もなかったように席に戻って読書を始めた。時間差で川崎さんが「ちょ、何あれ？　てか何勝手に飲んでんのよ！」とキレ気味に立ち上がり花城の席に向かう。しかしタイミングがいいのか悪いのか先生が教室に入ってきて、川崎さんは舌打ちして花城を睨《にら》むことしかできなかった。

「花城やべー、川崎のコーラ飲んじまうとか」「俺も一回やってみてーわ」「てかすげえ飲みっぷりだったよな」

そんな会話が聞こえてくる。川崎さんは顔を真っ赤にしていた。さながらチェリオコーラの缶のように。

クラスの女王川崎さんを前にしてあんな振る舞いができる花城は一体何もんだよ、と思うと同時に僕は「ああ、あの子とはきっと一言も喋《しゃべ》ることなく卒業して、そのうち名前も忘れちゃうんだろうなぁ」などと適当な予想図を描いていた。ああいう、場の流れに逆らって生きているような子は僕みたいな地味な人間に興味を持たないだろうし、僕自身あまり関わりたいとも思わない。生きている世界が違うというやつだ。

転校生がやって来ても授業は通常どおりに進む。やがて五時間目六時間目と過ぎ、今日の授業がすべて終了した。僕は鞄《かばん》を持って席を立つ。

「塔野《とうの》」

振り返る。僕を呼んだのは、花城《はなしろ》に虚仮《こけ》にされて未《いま》だイライラ中の川崎《かわさき》さんだった。

「何？」

「売店であいすくりん買ってきて」

あいすくりん。正式名称をセンタンあいすくりんという先端が丸っこいアイスだ。そのまんまだな。いやそれはどうでもいいんだけど。

「お金は？」

「は？　何？　いるの？」

そりゃお金がないと買えませんし、なんて正論は、今までの経験からして言っても無意味だろう。

川崎さんが僕をパシリ始めたのは、二年生になってすぐの頃《ころ》だと記憶している。僕が廊下を歩いていたら突然「ちょっと十円貸してくんない？」と声をかけられ、十円くらいならと思って貸してあげたのだ。そしたらその翌日に今度は「百円貸してくんない？」とせがまれ、おいおいまたかよ、と思いつつ、大した出費でもないから百円を渡した。それから僕は川崎さんに「チョロいヤツ」と認定されてしまったようで、たびたびパシられるようになった。

無論、パシられるのは名誉なことではない。しかしクラスの女王様は、僕が断ろうとするたびに喧嘩《けんか》っぱやい先輩の存在をチラつかせてくるのだ。暴力に耐性のない僕は、仕方なく引き受けるしかなかった。

「別に、いいよ」

んじゃ早めによろしくー、という言葉を背中で受けて僕は売店に向かった。

階段を下りると、後ろから肩を小突かれた。振り向くと、そこにいたのは加賀《かが》だった。

「あれくらい断れよ」

加賀は責めるように言って僕の隣に並ぶ。

「運が悪かった。しゃーなしだよ、しゃーなし」

僕はおどけてそう言ってみせた。しかし加賀はその反応がお気に召さなかったようで、渋面を作った。

「お前がなんでも言うこと聞くから川崎が調子乗んだよ」

そう言って僕の背中に鞄をぶつける。痛くはなかった。

「でもさ、川崎さんってたしか怖い彼氏がいるんだよね。変に断って僕のこと先輩に告げ口されたらやばいよ。帰り道で襲われたり、教室に殴り込まれたりするかも」

ねえよ、と加賀《かが》は即答した。ねえかなぁ、と僕はぼやいた。

「あのな、受験やら就職を控えて色々ナーバスになってる三年生が、たかが彼女の告げ口で問題起こすような真似《まね》すると思うか？　つーか、川崎《かわさき》がその先輩と付き合ってんのかどうかも怪しいって話だぜ。誰《だれ》もあいつらが二人でいるところ見たことないらしいし」

「川崎さんが見栄張ってるってこと？」

「あり得ると思わないか？」

あり得る、と即座に思った。川崎さんは結構そういうところがある。負けず嫌いなのだ。

「……いや、でも、さすがに赤の他人を彼氏と言い張るのは無理がないかなぁ。付き合ってるのは本当じゃない？　断ってグチグチ言われるのも面倒だし、ちょっとくらいならお金払うよ」

後半が本音だ。数百円で厄介事を回避できるなら安いもんだ。

加賀は大げさにため息を吐《つ》く。

「お前には自分の芯ってやつがないのかよ」

「それは必要なのかな」

「そらそうよ。芯がないと自分の意志を通せない。だからお前はパシられるんだ。ちょっとはあの転校生を見習え」

花城《はなしろ》ほど肝が太いのも考えものだと思う。それに。

「僕にも芯がないってわけじゃないよ」

「と言うと？」

「芯を持たないことを芯にしてる」

「なんだそりゃ」

「知ってる？　電柱って中身が空洞なんだよ。どうしてかっていうと、そのほうが頑丈だから。僕はね、不意にやって来る大きな衝撃に体がポキリと折れてしまわないよう、あえて芯を持たないんだ。加賀にはちょっと理解しがたいかもしれないけど、これは崇高《すうこう》なポリシーなんだよ」

加賀は思いっきり胡散臭《うさんくさ》そうな顔をした。

「お前さ、適当に言ってない？」

「わりと」

太ももに膝蹴《ひざげ》りを食らった。この攻撃は見た目のわりにかなり痛いからマジで二発目はやめて！　と言って僕は避《よ》ける。危ない危ない。

「真面目《まじめ》にやれ」

「手厳しい……」

太ももを擦《さす》っていると売店に着いた。この時季のアイスは売り切れるのが早い、ということを店に入ってから思い出して、僕は急いでアイスコーナーを覗《のぞ》く。幸いあいすくりんは一本だけ残っていた。先端を下にしてブイのごとく他のアイスに埋もれている。

「よかったよかった。じゃあさっさと買って帰るか」

「それ、ちょっと貸してみろ」

「どうすんの？」

僕はあいすくりんを加賀《かが》に渡す。

「こうする」

加賀はコーンの先っちょをデコピンで弾《はじ》いた。コーンは中でパキリと折れてしまう。

「ちょ。何やってんだ」

「空洞なのに折れたぞ」

「そらそうでしょ」

僕は加賀からアイスを奪い取ってしげしげと眺める。

「あー、これ食べてる最中に下からぼとぼと垂れるやつだよ……」

「は、気分がいいぜ」

加賀はケタケタと笑っている。怒られるのは僕なんだけど。

「ま、安心しろよ。開けるまで気づきゃしねえって。バレても元から折れてたって言えばいいだけだし。それに金払うのはお前なんだから、このくらいのいたずらはしなきゃ損だろ」

「損得の問題かなぁ」

「損得の問題だ」

加賀は急に真面目《まじめ》くさった顔で、僕のほうに向き直った。

「たまには怒ってみろよ。お前は電柱でもアイスでもねえんだからさ」

「……時が来ればね」

いつ来んのかね、と加賀はため息混じりに言った。

川崎《かわさき》さんにあいすくりんを渡して、僕は逃げるように学校を後にした。行きと同じく電車に乗って家に帰る。景色を眺めたり携帯をいじったりしていれば、あっという間だ。

席を立ち運転士さんに定期券を見せる。もうほとんど顔パス状態で運転士さんはろくに確認もしない。扉の横にある〈開〉のボタンを押して電車から降りると、セミの大合唱とむわっとした熱気に全身を包まれた。車内のクーラーで冷やされた身体《からだ》は、少し歩いただけでじんわりと汗ばんだ。

強い陽射《ひざ》しに頭を垂れつつ、道路の白線を辿《たど》る。この道を進んだところにある個人経営の米穀店の脇《わき》を通り、シャッターが開いたところを一度も見たことがない消防格納庫を過ぎた辺りに、僕の家がある。

まだ夏も始まったばかりだというのに、道路の先に水を撒《ま》いたような鏡面が見られた。逃げ水だ。この現象は、気温が三五度くらいないと現れないとテレビで見たような気がする。三五度。どうりで暑いわけだ。僕は額《ひたい》の汗を拭《ぬぐ》って、恨めしく太陽を見上げた。

眩《まぶ》しくて視線を下げた、そのときだった。一人の少女が、視界の端を掠《かす》めた。

ハッとして立ち止まり、僕は目を見開く。

野球帽から飛び出した短いポニーテールが揺れている。少し大きめのタンクトップにショートパンツというスタイルは、健康的な小麦色の肌をこれでもかと強調している。遠目でも分かるほど履き古した赤いサンダルは、少女の活発さをよく表していた。

「あれはね、晴れと雨の境目なんだよ」

彼女は僕に背を向けながら、濡《ぬ》れたように揺らめく道路の先を指差してそう言った。囁《ささや》きかけるような声だったのに、しっかりと僕の耳に届いた。それもそのはずだ。喧《やかま》しかったセミの鳴き声はすっかりやんで、辺りは時が止まったかのように静まり返っていた。

彼女は振り向いた。顔には屈託のない笑《え》みが浮かんでいる。

妹のカレンだった。

「あのね、お兄ちゃん。あっち側はすごく雨が降ってて、でも、向こうに辿《たど》り着く頃《ころ》にはもう乾いちゃってるんだよ。だから、急げばまだ水たまりくらい残ってるよ」

猛烈に既視感のある光景だった。

雨と晴れの境目。そうだ。あの頃の僕たちはまだ逃げ水という現象があることを知らなかった。雲ひとつない晴天で、どうして道路が濡れて見えるのか、分からなかったのだ。

カレンに教えてやりたい。強くそう思った。高校生になった今なら逃げ水の仕組みを説明できる。でもそれは叶《かな》わなかった。身体《からだ》は金縛りにでもあったみたいに固まって声すら出なかった。心臓だけが暴れるように早鐘を打っていた。

「どうしたの？　じっとして。行かないなら、先に行くね」

カレンはこちらに背を向けて、歩きだした。

呼び止めようにも声が出ない。荒い吐息が口から漏れるだけだ。待ってくれ、とか、行かないでくれ、とか、声にならなかったそんな言葉たちが身体の中で押し合いへし合いして、胸を圧迫した。身を焼かれるような焦燥。息を吸う時間すら惜しくて、頭がくらくらした。

やがてカレンは、揺らめく陽炎《かげろう》の中に消えた。結局、僕は何もできなかった。

思い出したようにセミの鳴き声が耳をつんざく。まつ毛に引っかかっていた汗の粒が目に入り、僕は瞼《まぶた》を強く閉じた。

家まで走って帰った。


家に着いた。鞄《かばん》から鍵《かぎ》を取り出して戸を開ける。陽射《ひざ》しが眩《まぶ》しかったせいか、屋内はやけに暗く感じた。自室でTシャツと短パンに着替え、台所に向かう。冷えた麦茶を飲んで一息ついたあと、座敷に移動した。八畳の空間で、畳はすっかり日焼けしており、床の間には山景が描《えが》かれた掛け軸が吊《つ》り下がっている。縁側の大窓に目をやると、この頃《ころ》にはもう家の暗さに目が慣れていて、外が別世界のように真っ白に見えた。

僕は部屋の隅に敷かれた座布団の上に正座する。目の前には、カレンの仏壇がある。

カレンは二つ下の僕の妹で、五年前に木から落ちて死んだ。

今日みたいな蒸し暑い夏の日だった。虫取り網と虫かごを持って近所の雑木林《ぞうきばやし》に来ていた僕とカレンは、夕暮れ時になっても目当てのカブトムシを捕まえられずにいた。別にどうしても欲しかったわけでもないけれど、母さんに「大物を捕ってくるから楽しみにしてて」なんて二人で口を揃《そろ》えて言ってしまっていたので、意地でも捕まえてやろうと躍起になっていた。だから、カブトムシとクワガタムシが木に張りついているのを偶然見つけたとき、僕たちは有頂天になって、なんとしても捕まえたいと思った。

「しかしカレン隊員、問題があります」

ふざけて言う僕に、カレンも同調して面白そうに敬礼した。

「は。なんでしょう、お兄ちゃん」

「網が届かない」

「なんと。それはゆゆしき事態ですな」

僕は思わず吹き出した。

「難しい言葉を知ってるね」

「テレビで見たの」

にへら、と笑いながら言うカレンに、僕も微笑《ほほえ》んで「そっか」と返した。

カブトムシとクワガタムシは二匹ともかなり高いところにいて、捕まえるには木に登らなければならなかった。だけど手の届く範囲に枝はなくて、一人で登るのは到底無理だった。

「この高さじゃジャンプしても届かないね。どうしよっか」

「そりゃあお兄ちゃん、登る以外ないよ、これは」

「無理だよ。近くに掴《つか》まるものもないし……」

「ダメだなぁ。もっと頭を使わなきゃ」

「何かいい方法があるの？」

「お兄ちゃんがあたしを持ち上げればいいんだよ。そうすれば、あの枝に届くでしょ？」

カレンが指差した枝は、地面から二メートル近い高さにあった。

「……危なくない？」

「へーきへーき。あたし、木登り得意だし」

「でもなぁ」

「早くしないと、逃げられちゃうよ？」

この機会を逃したらもう二度と手に入らないかもしれない。そう考えると無性に惜しくなって、だから、僕はカレンの話に乗ることにした。

「分かったよ。でも、気をつけてくれよ」

「はいはい。じゃ、お兄ちゃん肩貸して」

僕はしゃがんだ。カレンはボロボロになったお気に入りの赤いサンダルを脱いで、僕の肩に足を乗せる。「よいしょ」と言って僕が立ち上がると、カレンはひょいと枝に飛び移り、木を登り始めた。猿のような、なんて言うと失礼だろうから口には出さなかったけど、カレンの身のこなしはすごく軽やかで、とても足を滑らしそうには見えなかった。だから僕は、視線を下ろした。

――たぶん、そこが最後の分岐点だったのだと思う。あのとき、それでも僕は、カレンをちゃんと見ておくべきだった。

それはあっという間の出来事だった。不意にベキベキベキッ！　と枝の折れる音がして僕はすぐに上を向いた。

「あっ」

見上げたときには遅かった。カレンは後ろに倒れるように頭から落ちて地面に激突した。あまりに突然だった。僕はただただ立ち尽くすしかなかった。五秒か一〇秒くらいしてやっと我に返り、カレンに声をかけたけど、完全に手遅れだった。血は一滴も出ていないのに、カレンは息をしていなかった。

その後のことはよく覚えていない。とにかく怖くて怖くて仕方がなくて、その場から逃げ出した。そしたらいつの間にか近所の人に保護されていた。カレンが死んだことを改めて知らされたのは、その翌日だった。不幸中の幸いか、カレンは即死だったそうだ。

それから僕は毎日のように考えていた。もしあのとき、強引にでもカレンを止めておけば。

もう遅いから帰ろうと諦《あきら》めていたら。そもそも虫捕りになんか行かなければ。きっと、カレンは生きていたのだ。

「……」

線香を立てて鐘を鳴らす。出す宛てのない反省文が、脳内で延々と綴《つづ》られた。

足が痺《しび》れる前に立ち上がり、台所へ向かった。夕飯の支度だ。

米を一合釜《かま》に入れて水道水でワシャワシャ洗う。水を入れ替えるのは五回。よく回数を忘れてしまうので、僕は米を研いだ回数分の指だけで米を洗っている。一回目なら人差し指。二回目なら人差し指と中指。三回目なら人差し指と中指と薬指。そんな感じ。研ぎ終わったら釜を炊飯器に入れて早炊きボタンを押す。

ジャーマンポテトを作る。材料を冷蔵庫から取り出して、それらを刻んだり炒めたりする。カレンの死を機に蒸発した母さんの代わりに、晩ごはんは僕が作っていた。父さんは料理ができないし、ずっと外食か弁当というのもあんまりなので、やむなしだった。

ジャーマンポテトが完成する。父さんの分をラップして冷蔵庫に入れてから、僕は一人で食事を始める。人気のバラエティ番組を観《み》ながら箸《はし》を進めて、時おり笑ったり独り言を言ったりする。七時台の番組はどれも大体面白い。だけど食事を終えてテレビを消すと、内容はすぐに忘れてしまう。

食器を水に浸け、僕は自分の部屋に入る。ベッドに寝転がり枕《まくら》を胸に敷く。音楽を聴いたり、漫画を読んだりして時間を潰《つぶ》す。そうしているうちにだんだんと瞼《まぶた》が重くなってきて、首がカクンと折れ始める。風呂《ふろ》、沸《わ》かさなきゃなぁ、と思いつつも、眠気には抗《あらが》いがたく、僕は完全に目を閉じた。


ドンッ！　バリィン！

大きな物音で目が覚めた。

泥棒か、とは思わなかった。誰《だれ》がどんなことをしているのかは、寝起きでも想像がついた。だから僕は、部屋から出ず、また目をつむった。

「カオル！　ちょっと来い！」

ああ、ちくしょう。

僕はベッドから起き上がり、一度深呼吸してから居間に向かった。

居間には役場の仕事から帰ってきた父さんがいた。顔が赤い。相当飲んでいるようだ。着替えもせず、シャツにスラックスのまま座布団に座り、喉仏《のどぼとけ》を大きく上下させながら水をガブガブ飲んでいる。父さんの頬《ほお》はこけていて、乱れた髪からはチラチラと白髪が反射していた。年取ったなぁ、と僕は思った。五〇歳ならこんなもんなんだろうか。

水を飲み終わると、父さんはコップをカンッ、と割れそうな勢いでテーブルに置いた。

「風呂」

父さんは僕と目も合わさず、テレビを見ながら言った。テレビの電源は点《つ》いていない。一体何が見えているのだろう。

「ごめん。すぐに沸かすよ」

僕は風呂場へ向かう。その際にべちゃっとしたものを裸足《はだし》で踏んづけて、背中に悪寒がした。おそるおそる足をどけると、それはジャガイモだった。僕の作ったジャーマンポテトが、畳の上にぶち撒《ま》けられている。壁にもジャガイモが付着していた。おそらく皿ごとぶん投げたのだろう。側《そば》に落ちている皿は半分に割れていた。

「おい！　何突っ立ってるんだ。言いたいことがあるんだったらちゃんと言え」

父さんの怒号に僕は、「何もないよ」と答えて風呂場へ向かった。

本当、言いたいことなんて何もなかった。ただ風呂を沸かすためだけに僕を呼んだことも、僕の作ったジャーマンポテトを壁に叩《たた》きつけ、あまつさえ皿を割ったことも、別にどうでもよかった。

カレンと母さんをほぼ同時に失った父さんに対する憐憫《れんびん》。もうまともな父親として機能することはないだろうという諦念《ていねん》。そして、カレンの死を誰よりも近くにいながら防げなかった罪悪感。その三つの感情が僕の心の大部分を占めていて、そこに怒りが入り込む余地など微塵《みじん》もなかった。

元は温厚だった父さんは、カレンが死んでから人が変わったように不安定になった。今みたいに物に当たって怒鳴り散らすこともあれば、異常なほど優しくなることもあった。最初は父さんの一挙手一投足に一喜一憂して、息子《むすこ》として取るべき最適な行動を模索したりもしたけど、それもある一言をきっかけにやめてしまった。

「死んだのがお前だったらなぁ」

中学二年の冬の夜だった。泥酔して帰ってきた父さんは「今日は冷えるなぁ」と同じくらい自然にそう漏らした。正直なところ僕は「そう考えていても無理ないよなぁ」と薄々感じていたので、意外なほど冷静に受け止めることができた。悲しみなんて全然なかった。だけど、父さんに好かれようとする努力とか理不尽な物言いに反抗したくなる苛立《いらだ》ちとか、そういう活力は栓《せん》が抜けて流れるみたいに、僕からさっぱり失われた。そして同時に、父さんはもう僕を息子として見ていないのだと強く実感した。

僕は母さんとその浮気相手の間にできた子供だった。

僕が八歳の頃《ころ》に発覚した事実だ。この件について僕が知っていることは少ない。幼いながらも母さんの浮気のことはタブーだと認識していたので触れないようにしていたし、それほど興味があるわけでもなかった。母さんはちゃんと僕を愛してくれて、血の繋《つな》がっていない父さんだって当時は普通に優しかったから、過去の浮気というのは誰《だれ》にでもある些末《さまつ》な失敗なのだと、観念的に理解していた。カレンも、たぶん同じだったと思う。僕たち塔野《とうの》家は、そうやって互いに微妙な距離感を保ちつつ、理想的な家庭を築いていたのだ。

だけどそれも、カレンが死んですべて壊れてしまった。今の塔野家に家族団らんと呼べる要素は一つも存在しない。

僕はふと思う。父さんが言ったように、死んだのが僕だったら今頃《いまごろ》どうなっていただろう。

答えは、考えるまでもなかった。


きゅっ、とシャワーの蛇口をひねってジャガイモを踏んづけた足を洗う。ついでに浴槽の蛇口を開き、水が溜《た》まったところで風呂釜《ふろがま》を点火した。

ジャーマンポテトと皿の片付けをしておかないとまた何か言われそうなので、重い足取りで居間に戻った。父さんは畳の上で横になっていた。さっきまでの不機嫌さはどこへやら、口をポカンと開けていびきをかいている。笑ってしまうくらいの間抜け面《づら》だ。

「はは。似なくてよかった」

それより掃除だ。父さんが寝ている間にさっさと済ませてしまおう。

割れた皿とジャーマンポテトの残骸《ざんがい》をかき集める。ジャガイモは一度レンジでチンしたのか生温かった。一体どんな心境の変化があって食べるのをやめて壁にぶつけたのだろう。僕にはさっぱり理解できない。したくもない。

片付けを終え、風呂場に戻る。浴槽の水が温まっていることを確認して、風呂釜の火を消す。

給湯器があればすべてボタン一つで済むのだけど、いかんせん家が古いので仕方がない。

時計を見ると、そろそろ日を跨ぎそうな時刻だった。いつもなら明日に備えて寝る頃《ころ》だけど、今日は居眠りしすぎたせいか、ちっとも眠たくなかった。だから、夜更かしをしようと思った。

玄関でスニーカーに履き替えてこっそり外に出る。

散歩だ。


家を出てから三〇分くらい経《た》った頃、僕は線路の上を歩いていた。

夜の散歩はわりと頻繁にする。でも線路を歩くのは今夜が初めてだ。昔観《み》た映画か小説のワンシーンを思い出してその真似《まね》をしてみたのだけど、やってみるとこれがなかなか悪くなかった。

なんというか、普段できないことを堂々とやっている背徳的な楽しさがあるのだ。レールの上を平均台のようにバランスを取りながら歩いてみたり、電車になったつもりで無人駅を通過してみたりすると、無性に胸が躍る。地面に敷かれた石を踏んづけたときに鳴る、ジャッジャッ、という音も結構好きだった。少し音が大きいのが難点だけど、この時間帯に外を出歩く人がいないのは知っているので、そこまで気にはならない。

この辺りはほとんど街灯がない。けれど月が明るいから、夜になっても完全な暗闇《くらやみ》にはならない。特に今日みたいな雲のない夜は、まさに昼を欺《あざむ》く明るさだ。

たしか、初めて流れ星を見たのもこんな明るい夜だった。ペルセウス座流星群を観測するため、カレンと一緒に縁側で空を眺めていたのだ。僕は三度も流れ星を見ることができたけど、カレンはうつらうつらして何度も見逃して、結局一度も見ることができないままその日は眠ってしまった。翌朝、泣きそうなくらい悔しそうな顔をするカレンに、次があるよ、と言って僕は慰めたけど、カレンに次が来ることはなかった。

人は死んだら星になるという。星になったら、流れ星くらい毎日見れるようになるんだろうか。だったらいいな、と思う。


一時間ほど歩き続けて僕は足を止めた。行き止まりではない。

トンネルだ。

それはいつも通学の電車が通るトンネルだった。見慣れたものではあるけど、さすがに深夜のトンネルを一人でくぐる勇気はない。

もう帰るか、と踵《きびす》を返す。そのとき、あることに気がついた。

線路脇《わき》に、背の高い草に紛れて木製の手すりが見えた。草をかき分けてみると、下りの階段が海側のほう、電車の座席からは見えにくい角度に続いているのが分かった。整備のために設けられたのだろうか。それにしても、立入禁止を示すような看板やロープは見当たらない。

下りてみよう、と思った。単純な好奇心だ。ドキドキしながらその一段に足を下ろす。階段は大した長さではなかった。顔にかかるクモの巣を払い除《の》けながら下り終えると、草木が生えていないエアポケットのような空間に出た。

そしてまた、トンネルがあった。

「ここにも……？」

三メートルほどの高さの小さなトンネルだ。石造りで、すっかり苔《こけ》むしている。正面に立っても出口は見えず、長さはうかがい知れない。

もしこのトンネルがもうちょっと人目につきやすいところにあったら、心霊スポットとして認定されていただろう。それくらい、出そうな雰囲気があった。

まともな人間ならまず入らない。気味悪がって引き返す。

僕もそうなるはずだった。今朝のことさえ思い出さなければ。

『ウラシマトンネルって、知ってる？』

まさか、と首を振る。

あれは都市伝説だ。欲しいものがなんでも手に入るトンネルなんて、どう考えても実在するわけがない。というか、偶然自分の知らないトンネルを見つけただけで都市伝説と結びつけるのは、あまりに安直だ。一七歳にもなって僕は何を考えているのだろう。馬鹿馬鹿《ばかばか》しい。

帰ろう。君子危うきに近寄らずというし、このトンネルは見なかったことにする。

まったく、こんなところまで来るんじゃなかったな、と自嘲《じちょう》しながら僕は階段を上がる。

最後の一段で、足を止めた。

もし。もしもの話だ。

本当にウラシマトンネルなんてものがあるのだとして、なんでも手に入るのだとしたら。

――カレンを取り戻すことだって、できるんじゃないのか？


携帯のライトで先を照らしながら僕はトンネルに入った。

ほんの少しだ。ほんの少しだけ進んでみて、何もなかったらすぐに引き返す。

転んだり変なものを踏んづけてしまわないよう、ゆっくりと歩く。土の香りが強い。動物の死骸《しがい》の一つや二つは覚悟していたけれど、今のところ落ち葉の一枚も見当たらない。苔が生えている様子もなく、打ち捨てられた外観と違って中は意外と綺麗《きれい》だ。ただ、全身を舐《な》めるような生ぬるい風が絶えず吹いていて、それがやけに気持ち悪い。トンネルが細いのも相まって、まるで巨大な蛇の体内を進行しているような気分になる。

もし、今ライトが消えてしまったら、腰を抜かしてしまうかもしれない。携帯の充電が気になって画面を見てみたら、残り一〇パーセントしかなかった。心もとない残量だ。

そろそろ引き返すか。そう思ったところで、柔らかな光がトンネルの先から漏れているのに気がついた。出口だろうか。なんだ、何も起こらないじゃないか——と拍子抜けしつつ、早足でそこを目指す。光はどんどん大きくなり……。

出口じゃなかった。

「なんだ……これ」

人骨を思わせる白色の鳥居が、まるで何百年も前から誰《だれ》かの訪れを待ち構えていたかのように、そこに建っていた。一つだけではない。奥のほうに目をやれば、鳥居は千本鳥居さながらにトンネルの奥まで連なっているのが分かった。

柔らかな光の正体は、トンネルの壁から天井に向かって斜めに伸びた松明《たいまつ》だ。鳥居と鳥居の間に、奥へ向かって等間隔に並んでいる。先端の火はほとんど揺らぐことなく、ぼんやりと燃えていた。

宗教的というか、儀式的というか、何か、これ以上は安易に踏み込んではならない神々《こうごう》しさのようなものをひしひしと感じる。

こんな場所、知らないし聞いたこともない。現在地を確認しようとしたら、携帯は圏外になっていた。電波が届かないこと自体は香崎《こうざき》では珍しくないけれど、今この状況においては、とてつもなく異様なことに思えてしまう。恐怖心が頭をもたげた。

やっぱり引き返そう。なんか、ここはやばい気がする。

来た道を戻ろうとして、ふと意識がトンネルの奥に引っ張られた。

「……なんだ？」

鳥居の向こう側に、赤い小さなものが落ちていた。ここからでは薄暗くてよく見えない。それがなんなのか確認したら今度こそ帰る。そう決心して、僕は警戒しながら手前の鳥居をくぐり、その何かに近づいた。

……サンダル、だろうか。履き古した赤いサンダル。かなり小さい。子供用だ。しゃがみ込んでおそるおそる手に取り、つぶさに眺めてみる。

息が止まった。

『カレン』

サンダルの側面に、カレンの字でそう書かれていた。

嘘《うそ》だろ、と思った。

このサンダルはカレンが履いていたものだ。間違いない。カレンに似合うかどうか訊《き》かれたことを今でも覚えているし、筆跡も似ている。カレンは「ン」の字を「ニ」みたいに書く癖があるのだ。でも、どうしてカレンのサンダルがこんなところに。

最後にこのサンダルを見たのは、忘れもしないカレンが死んだあの日だ。サンダルはカレンの搬送時に回収されなかったので、僕が一人で雑木林《ぞうきばやし》に捜しに行った。『塔野《とうの》』と書かれたほうはすぐに見つかったけど、『カレン』のほうはいくら捜しても見つからなかった。一か月間捜し続けてもダメだったから、泣く泣く捜索は諦《あきら》めたのだ。雑木林《ぞうきばやし》からこのトンネルまで五キロはある。だからここにカレンのサンダルがあるのはおかしい。

ひょっとして、ここは本物のウラシマトンネルなんだろうか。

いや、そう決めるのは早計だ。野良犬やカラスなんかが運んできただけかもしれない。可能性としてはそっちのほうが高い。それにだ。たしかに僕はカレンのサンダルを捜し回っていたけれど、本当にそれが欲しかったかどうかと問われると、素直に頷《うなず》くことはできない。僕が求めているのはカレン本人だ。

ともかく、進んでみよう。カレンがいれば本物だし、そうでなければ偽物《にせもの》だ。

期待が恐怖心に勝る。サンダルと携帯を左右それぞれのポケットに押し込み、僕は奥に向かって歩きだした。

鳥居と松明《たいまつ》はどこまでも続いていた。鳥居はともかく、松明は一体いつから燃えているのだろう。僕がこのトンネルに入るのを見越して誰《だれ》かがつけたわけではないだろうし、おそらく以前からずっと燃えていたのだ。となると、酸素と燃料の供給源が謎《なぞ》だ。松明に何か仕掛けがあるのだろうか。でも、仕掛けがあるとして、そんなもの誰がなんのために設置したのだろう。こんな、誰も近寄らない場所に……。

ダメだ、どれだけ考えても、分かる気がしない。

「カレン――……？」

僕はか細い声でカレンを呼んでみる。

当然、返事なんてない。そう思っていたら。

「――ゥ――……」

声が返ってきた。

掠《かす》れて聞き取りにくかった。それが子供の声なのか大人の声なのか、男か女すらも分からない。

でも、今のはたしかに、声だった。風の音なんかじゃない。

心臓がうるさいくらいバクバク鳴っている。

この先に、誰かがいる。

その誰かが万に一つでもカレンの可能性があるのなら、急いで進むべきだ。

僕は走りだした。走りだして、すぐ、何か物音が聞こえたような気がした。

足を止め、耳を澄ませる。

カサカサカサカサ、と虫か小動物なんかが激しく動き回る音が聞こえた。

音の発生源はかなり近い。何もそれらしいものが見えないのは、鳥居の陰に隠れているからだろう。

心拍数がさらに上がる。

きっとネズミか何かだ。怖がるようなことじゃない。何度も自分にそう言い聞かせる。早足で通り過ぎようとしたら、鳥居の陰からその何かが飛び出した。

「うわあああああ！」

悲鳴を上げてその場に尻餅《しりもち》をつく。

すぐさま顔を上げると、鳥居の上部に小鳥が止まっていた。腰を抜かした僕を見下ろして、小首を傾げるような仕草をしている。

「なんだ……鳥か……」

ホッとしてつい失笑が漏れる。人騒がせな、と思いながらも立ち上がり、小鳥を見上げた。

鮮やかな黄色い羽を持つ小鳥だ。たぶん民家から逃げ出したペットだろう。これほど目立つ色の野鳥は香崎《こうざき》にはいない。しかし、よくこんなトンネルの奥まで迷い込んできたものだ。

「あれ。この鳥、インコか……？」

まじまじと見つめて、確信する。つぶらな黒い瞳《ひとみ》に、丸いくちばし。そうだ、この鳥はセキセイインコだ。昔、飼っていたから分かる。僕たちが飼っていたのは『キイ』という名前だった。キイもこのインコと同じような羽の色をしていたし、首元にうっすらと白い斑点《はんてん》があった。

ずいぶんキイに似ている。見れば見るほど、よく。

……いや、別に黄色い羽も白い斑点も、それほど珍しい特徴ではない。それに、キイはとっくの昔に死んだ。この手でカレンと一緒に埋葬したことを覚えている。お墓だってちゃんと作った。だから……そう。そんなことは、ありえない。

自分の呼吸が荒くなっていることに、今、気づく。

期待と恐怖がごちゃ混ぜになった巨大な感情が、腹の奥からこみ上げてくる。

「――……カ――……」

インコが何か喋《しゃべ》ろうとしている。

暴れる心臓を服の上から押さえつけ、僕は耳を傾けた。

「――カエルノ――ウタガ――」

心臓が止まるかと思った。

「カエルノ――ウタガ――ウタガ――カエルノ――」

バカな。そんな。そんな、こと。

僕とカレンが一番キイに覚えさせたかったのは『カエルの歌』の歌詞だ。二人と一羽で輪唱するのを夢見て、何度もキイの前で歌った。だけど、キイは壊れたラジオのように最初の二言を繰り返すだけで、完全に覚えきる前に寿命がきてしまった。

何から何まで同じだ。羽の色も、模様も、喋る言葉も。

ありえない事象を目の当《ま》たりにして混乱する脳を、それでも必死に回転させる。

きっと幻聴だ。深夜のトンネルという非日常なシチュエーションが、僕に幻聴を聴かせているのだ。このインコだって幻覚に違いない。

幻覚なら、触れることはできないはず。そう思い、ゆっくりと人差し指を近づける。インコは逃げない。指先が首の下辺りに触れる。羽の柔らかさ、筋肉のせわしない動き、わずかに高い体温。そのすべてが、はっきりと指に伝わる。

幻覚じゃない。このインコは、本物で、かつて飼っていたキイだ。

「どうなってんだ、一体……」

死んだはずのキイがどうしてこんなところにいるんだ。まさか、本当にここはウラシマトンネルなのか？　いや、だとしても、どうしてキイが……。

まったく答えが出る気のしない疑問に、それでも無理やり納得のいく理由を探していたら、キイはトンネルの奥に飛び去っていった。

反射的に身体《からだ》が動いた。行き止まりでも、正体不明でも逃してはおけまいと、走る。だけど間もなくして、急ブレーキをかけた。何かを見つけたわけでもない。心理的な理由だった。頭の中で何かが引っかかったのだ。とても大事なことを忘れているような予感がしていた。

こういうとき、僕は「忘れてしまうくらいだから大したことじゃない」と楽観して思い出す努力をはなから放棄するタイプなのだけど、今回は無理にでも思い出したほうがいいような気がした。たぶん、虫の知らせというやつだ。得体の知れない危機感が胸の奥でくすぶっている。

ここがウラシマトンネルだと仮定して、唯一の情報源である今朝の女の子たちの会話を思い出す。あの子たちは、なんと言っていた？

『欲しいものが手に入ったら、じゃあ帰ろってなるでしょ？』

ここではない。

『でもウラシマトンネルはただじゃ帰してくれないわけ』

その先だ。

『なんかね、年取っちゃうの。それもおじいさんおばあさんになるくらい、一気に』

一気に。

さあ、と血の気が引いた。

ウラシマトンネルは欲しいものがなんでも手に入る代わりに年を取るという代償を払わなければならない。とても大事なことなのに、たった今まで忘れていた。

この先にカレンがいるかもしれないという期待と、老化の恐怖が頭の中でギリギリと音を立てて拮抗《きっこう》する。数秒の葛藤《かっとう》の末、恐怖が期待に勝った。トンネルの長さも、本当にカレンがいるのかも分からない状態で、このまま進み続けるのは危険すぎる。

決断を済ませてからの行動は速かった。弾《はじ》かれたようにスタートダッシュを切り、来た道を引き返す。

何度か転びそうになりながら暗いトンネルを駆ける。思いのほか出口は近くに見えた。

転がるように外へ出る。そして服が汚れるのも気にせず、地面に仰向《あおむ》けになった。夜空の星々が冷ややかに僕を見下ろしている。

息を切らしながら、僕は自分の手を目の前に掲げた。シワも浮き出た血管もない、男にしては無駄に綺麗《きれい》な手がそこにあった。見慣れた僕の手だ。

「変わって、ないよな?」

その手で自分の顔にペタペタと触れてみた。おじいさんのような髭《ひげ》が生えている、とか顔の皮膚がたるんでいる、とかそういう変化もなかった。トンネルに入る前の僕と、何も変わりない。

思わず安堵《あんど》の息が漏れた。よかった。年は取っていない。年を取るのはガセだったのか知らないけど、ともかく一安心だ。

身体《からだ》を起こして背中の土を払う。

落ち着くと、トンネルの外と中であまりに雰囲気が違いすぎて、変な夢でも見ていたんじゃないかと思えてくる。冷静に考えて、こんな目立たない場所にあるトンネルの奥に、無数の鳥居や松明《たいまつ》なんかがあるはずないのだ。……けど。

左のポケットに入っているものを引き抜く。

「どう見てもカレンのなんだよなぁ……」

両手に収まった赤いサンダルが、ついさきほどの出来事が現実であることを僕に教えてくれる。それに、異界のような光景も、キイの姿も、目をつむればはっきりと思い出せる。少なくともあれらは幻覚や幻聴の類《たぐ》いではなかった。このトンネルはたしかにあの奇怪な空間に続いているのだ。

不確かな事柄は多い。無事に帰ってこれたとはいえ、恐怖心も少し残っている。それでも不思議と僕はこのトンネルに惹《ひ》かれるものを感じていた。それはたぶん、トンネルを進み続ければカレンに会えるんじゃないかという、ほとんど願望に近い可能性を捨てきれずにいるからだ。

とりあえず、今日のところはもう帰ろう。また明日にでも再チャレンジだ。

カレンのサンダルをポケットに突っ込んで、僕は帰路についた。


家に到着する。父さんに気づかれないようゆっくり戸を開けて、玄関に上がる。そのとき、壁に立てかけられていた傘をうっかり倒してしまった。

結構、大きな音を立ててしまった。心の中で舌打ちする。

慌てて傘を元の位置に戻して自室に駆け込もうとしたら、ぱっ、と廊下の明かりが点《つ》いた。

「カオル！」

深刻な表情をした父さんが寝室の前に立っていた。

しまった、内緒で家を抜け出したことがバレてしまった。面倒だな。説教するなら早く済ませてほしいのだけど。

反省していることを態度だけでも示しておこうと顔を伏せていたら、急に父さんは僕の肩を両手でガシッと掴《つか》んだ。

ああ、いよいよ手が出るのか、と思って僕は目をつむり痛みに備えた。だけどいつまで経《た》っても平手なり拳《こぶし》なりは飛んでこなかった。おそるおそる目を開けると、父さんは泣きそうな顔で僕を見つめていた。不気味だった。

「カオル……よかった……」

父さんは絞り出すような声でそんなことを言った。一体何がよかったのだろう。

「お前までいなくなったらどうしようかと……。この前のことは悪かった。あれは、ちょっと酔っていただけなんだ」

なるほど。僕は即座に状況を理解して「気にしてないから」と言った。

どうやら今の父さんは懺悔《ざんげ》モードらしい。懺悔モードとは言葉のとおり自分の行いを悔いている状態のことを指す。正確には自分の行いを悔いていることを必死に伝えようとしている状態のことをいうのだけど、どちらも大差ない。こうなると父さんは気持ち悪いほど優しくなる。

「本当にすまなかった。これからは酒の量を控える」

控える。やめると言わない辺り姑息《こそく》だ。

「だから、もう家出なんてやめてくれよ?」

僕は頷《うなず》く。

夜中にこっそり出かけただけで家出。これが初めてってわけでもないのに、大げさだ。

「本当に頼むぞ。学校から連絡があって大変だったんだからな……。それよりお前、どこに行ってたんだ」

　学校から連絡？　よく分からないけど、質問には答える。

「ちょっとした散歩だよ」

「……人に言えないような場所なのか」

「いや、本当だよ。夜風が気持ちよくて」

「正直に言え。誰《だれ》の家に泊まってたんだ？　それとも街のほうに行ってたのか？」

「いや、どこにも泊まってないし香崎《こうざき》からも出てないけど……」

　父さんの顔色が曇った。何か癇《かん》に障るようなことを言っただろうか。

「もういい。でも二度とするなよ。息子《むすこ》が行方不明なんて噂《うわさ》が広がったら、洒落《しゃれ》にならん」

　父さんは頭をボリボリと掻《か》きながら寝室に戻る。

　結局、何を言いたかったんだろう？

　いまいち腑《ふ》に落ちないまま僕は脱衣所へ向かう。汗をかいていたので、シャワーを浴びたかった。

「まったく、一週間もどこで遊び呆《ほう》けていたんだか……」

　寝室のドアを閉める際に、父さんはまたよく分からないことを言った。

　聞き間違いだろうか。

　ともかく、廊下を進み脱衣所に入った。洗面所の鏡に顔を近づけ、改めて老化していないことを確認する。ホッと一息ついて、服を脱ごうとポケットから携帯を抜き出す。その際、なんとなく携帯の待受画面を開いた。

画面を見て僕はぎょっとした。着信履歴が大量に残っていた。主に加賀《かが》と父さんからだ。メールもたくさん来ている。

「どこにいるんだ?」「何サボってんだよ」「いい加減帰ってこい」「お前がいないと暇」「無事かどうかそれだけでも返事をくれ」「クラスのみんな心配してるぜ。すまん嘘《うそ》。俺しかしてない」

……なんだ、これ。僕が散歩している間に何かあったんだろうか。

というか、それ以外にも変だ。


なんで日付が一週間も進んでるんだ?


「どうなってんだこれ」

脱衣所で一人呟《つぶや》き、携帯に顔を近づける。

画面には七月八日と表示されている。僕が家を出たのは七月一日の夜だったから、その夜明けに帰ってきたとなれば、当然、今日は七月二日のはずだ。

「もしかして、携帯壊れた?」

試しにいろんな操作をしてみる。すべて正常に動いた。ただ日付だけがおかしい。メールの受信日や電話の着信日も、七月二日以降の日時になっている。

少し寒気がしてきた。シャワーを浴びる気も失《う》せて、脱衣所を出る。居間に向かった。

テーブルのリモコンを手に取り、テレビを点《つ》けた。ちょうど天気予報をやっていた。

静かなクラシックピアノをBGMに、画面下部にテロップが表示されている。

『今日　七月八日　降水確率　一〇―二〇％』

何かの間違いかと思って目をこすった。目をこすりながら、おかしなものを見たときに人が目をこするのは、それが幻覚かどうかをたしかめるためにそうするのではなくて、おかしなものを見た、と自分の中で再確認するために起こす行動なんだろうな、と漠然と思った。

「いや、嘘だろ」

不安を紛らわせようと独り言を言う。

テレビを消して、僕は携帯で電話をかけた。

一〇コール目で相手は呼び出しに応じた。

『加賀だけど……』

めちゃくちゃ不機嫌そうな加賀の声が聞こえた。

「もしもし？　ちょっと訊《き》きたいことがあるんだけどさ」

『お前、今、何時だと思ってんだよ』

「そう。それなんだよ。今日、何日？」

『はぁ？　ええと……今日は、八日だろ。八日の、朝四時』

「それ、間違いない？」

『間違いねえよ。つーか、日時が知りたいなら俺じゃなくて時報にかけろよ。殺すぞ。あ、それより、お前、なんで学校サボって』

通話が切れた。画面を見ると充電切れを起こしていた。

嫌《いや》なタイミングで切れてしまった。でも、訊《き》きたいことは訊けた。

やっぱり、今日は七月八日だ。

「マジか……」

少し頭痛がしてきた。

こんなことはあり得ない。僕が家を出てからせいぜい二、三時間しか経《た》っていないはずだ。ただの勘違いで済ますには、一週間という時間はあまりにも長すぎる。

もう一度、僕は脱衣所に駆け込んで自分の顔をよく見てみた。

髭《ひげ》は、ほとんど伸びていない。三日に一度のペースで剃《そ》っているから、一週間も経っているならもっと伸びているはずだ。それに、空腹感がほとんどないのもおかしい。

おかしいといえば、携帯もだ。普通、通話もメールもしなくても、一週間も放置すれば充電はかなり減る。それなのに、ついさっきまで加賀《かが》と通話することができた。たしかトンネルに入った際は一〇パーセント程度しか充電が残っていなかったから、とっくに携帯は使えなくなっているはずなのに。日付だけが七月八日になっていたのは、たぶんトンネルを抜けた際に電波を受信して自動的に再設定されたからだろう。

「トンネル……ウラシマ、トンネル……」

カレンのサンダルやキイが出てきた、あのトンネル。あそこに入ってからおかしなことばかり起きている。

一体僕の身に何があったのだろう。記憶喪失？　幻覚を見ていた？　誰《だれ》かの洗脳？

考えれば考えるほど頭がこんがらがって、不安だけが蓄積していく。

「……ダメだ。少し寝よう」

頭がしんどい。一度眠って、起きたらまた考え直そう。

明日……ではなかった。今日は、ちゃんと学校に行かないと。

第二章

汗とリンス

香崎《こうざき》高校に着いて教室に入ると、僕は少しだけ注目を浴びた。大抵のクラスメイトは僕をちらっと見て「あ、来たんだ？」みたいな表情をするだけだ。けど、何人かは声をかけてきた。

「塔野《とうの》ーなんで休んでたの？」

「もしかしてグレた？」

「一週間もサボって何してたんだよ」

とりあえず僕は「風邪をこじらせちゃって」で通すことにする。すると彼らは「感染《うつ》すなよなー」と茶化しながらも納得して、僕に興味を失くしていった。

いつもどおり地味なクラスメイトに戻った僕は自分の席に座る。鞄《かばん》から教科書やら筆箱を机に移していたら、ガン、と横から椅子《いす》を蹴《け》られた。

「よう」

いつもと変わらない調子で、加賀《かが》が声をかけてきた。

「ああ、うん。おはよう」

「朝のあれ、なんだったんだよ」

「あー、あれね。ちょっと寝ぼけててさ」

「ふーん。あっそう」

やけに語気の強い「あっそう」だった。

「それでお前、風邪で一週間も寝込んでたのか」

本当は違うけど、説明するのも面倒だ。そもそも事実を話したところで信じてもらえないだろう。僕はさっきと同じように誤魔化すことにした。

「そうなんだよ。もう死にかけで大変だった」

「嘘《うそ》つけ」

あっさり見破られてちょっと固まってしまう。加賀は少し怒ったふうに続けた。

「そんだけピンピンしといて何が風邪だよ。つーか、風邪なら休みの連絡くらい入れるだろ。無断欠席する意味が分からんわ」

言われてみればたしかにそうだ。咳《せき》をするフリくらいしとけばよかった。

「それで、実際のとこどうなんだよ」

「いやー、ちょっと家出？　みたいな。なんか、気づいたら一週間くらい経《た》ってて。驚くよね」

できるだけ深刻さを感じさせないよう「へへへ」と笑いながら僕は言う。しかし加賀は、それも演技だろ、と言わんばかりに僕を睨《にら》んだ。

「別に相談しろとは言わねえけどよ。せめて返事くらいは寄越せ。バカ。でも朝四時には電話かけてくんなよ。次は出ねえぞ」

「はは……ごめんよ」

色々事情を聞いてこないのが加賀のいいところだな、と安心してしまう自分にちょっと自己嫌悪する。

加賀《かが》とは小学校から続く僕の唯一の友達だけど、悩みを打ち明け合うような関係ではない。たまたまクラスが一緒だったり席が近かったりして話す機会が増え、気づけば、二人組を組めと言われたときに真っ先にお互いを確認し合うようになっていた、その程度の仲だ。近すぎず遠すぎず。互いの領域には踏み込まない。加賀がどう思っているのかは知らないけど、僕にとってはこれくらいの距離感がちょうどよかった。

「でも、実際どうなんだろうね」

何気ないふうに僕は加賀に声をかける。

「あ？　何が」

「時間だよ。数分しか経《た》ってないと思ったら何日も過ぎてる、みたいな現象が現実でもあんのかなーって思って。あ。深い意味はないよ？　ちょっと気になって」

さりげなく話題を振ってみた。加賀はなかなかに博識なやつだ。僕が体験した不思議現象について何かヒントを得られるかもしれない。

「いやお前、数時間ならともかく何日も過ぎてたら普通は誰《だれ》でも気づくだろ。腹は減るし眠たくもなる」

何言ってんだお前、とでも言いたげな目で見られた。

「あー、うん。そうだよねえ……」

「ただ、そうだな」

加賀は思案顔になる。

「何かの作業に没頭してると時間の流れが速く感じる、とはよくいうな。現象っていうか、気持ちの問題だが。あとは、神隠しとか」

「うーん……」

両方ともピンと来ない。トンネル内にいたときはたしかに集中していたかもしれないけど、それで一週間も過ぎたことに気づかないというのは、やっぱり普通に考えてあり得ない。神隠しは神隠しで考えられる話ではあるけども、なんの説明にもなっていないような気がする。

「ウラシマ効果、ってのもあるな」

「えっ？　何？」

「ウラシマ効果。浦島太郎が語源になってるやつ」

まさかこのタイミングでウラシマという単語を加賀の口から聞くことになるとは。僕は加賀のほうに身を乗り出した。

「ちょっと詳しく教えて」

「SF小説とかでたまに出てくんだよ。光速に近い速さで動いたり、重力の強い場所にいたりすると、時間の進みが遅くなる」

「遅くなる……ってのはつまり？」

「本人にとっては数分程度の感覚でも、外じゃ何時間も経ってたりするってことだよ。あれだ、『ドラゴンボール』でいう『精神と時の部屋』の逆パターンみたいなもんだな」

なんてことだ。それって、まんま僕が体験したとおりのことじゃないか。

重力が強いとか光速に近いとかの原理はよく分からないけど、ウラシマトンネルのウラシマがウラシマ効果のそれなら説明は通る。

そうか、記憶喪失でも僕が幻覚を見ていたわけでもなくて、トンネル内の時間の流れが遅くなっていたのか……どおりで身体《からだ》には何も変化がないはずだ。

「なんだよ、考え込んじまって。まさかこの一週間、宇宙旅行にでも行ってたのか？」

「いや、んなわけないよ、街に出るのも一苦労なこのド田舎で」

「急に正論言うのやめろ」

強めの肩パンを食らう。痛い。だけど今は加賀《かが》に感謝だ。おかげで謎《なぞ》の解明に近づけたような気がする。

「つーか、そんなことよりもな。お前がいなかったせいで困ったことになったんだぞ」

「へえ、僕がいなくなって困ることなんてあったのか」

「お前それ自分で言ってて悲しくならないか？」

「ちょっとだけ」

「じゃあ言うなよ……ほら、あれ見てみろ」

加賀は横を向いて顎《あご》をくいとやった。示した方向にいたのは、転校生の花城《はなしろ》あんずだった。

相変わらずぽつんと一人で本を読んでいる。

「……あ。制服、ここのセーラー服になってる」

「それのどこが困ったことだよ。もうちょっと下見てみろ」

「下？」

普通にスカート穿《は》いてるだけなんじゃないの、と思いながら僕は視線を下げていく。足元にきたところで、加賀の言わんとしていることを理解した。

花城はスリッパを履いていた。転校初日は上履きだったはずだ。

「川崎《かわさき》の仕業だ」

「川崎さん？」

「ああ。あいつがな……お、噂《うわさ》をすれば」

今度は教室のドアに向けて顎を動かす。ちょうど、川崎さんが教室に入ってきたところだった。川崎さんは数人の取り巻きを従えて花城の机の前に立った。

「あれー？　あんたどうしてスリッパなんか履いてんの？」

ニヤニヤしながら話しかける川崎さん。しかし花城は無視する。沸点の低い川崎さんはそれだけで大層気を悪くし、顔を歪《ゆが》ませて大きく舌打ちをした。

「はいはいスルーね。ま、いいけど。それより、あんたの上履き見つけたから持ってきてやったわよ」

川崎《かわさき》さんは後ろ手に持っていた上履きを花城《はなしろ》の机に叩《たた》きつけるように置いた。バチーン、と音がして水滴が飛ぶ。上履きはびちゃびちゃに濡《ぬ》れていた。

「これ、トイレに落ちてたわよ。便所スリッパに履き替えてそのまま家に帰っちゃったんじゃない？　あはは、ウケる。まぁこれからは気をつけてよね。こんな汚いもん、私に持ってこさせたんだからさ」

川崎さんは淀《よど》みなくまくし立てた。取り巻きの女子たちはそこまで川崎さんに乗り気じゃないのか「こわー」とか「やばー」とか言うだけのガヤに徹している。

なるほど、たしかに困ったことになっていた。つまり花城は、川崎さんから嫌《いや》がらせを受けているらしい。

しかしそうだと分かったところで、特に何も感じなかった。別に花城に対して好意を抱《いだ》いているわけではないし、それ以前に一度も話したことがない。対岸の火事、というのが正直なところだ。でも、それはひょっとすると花城も同じで、川崎さんのことなどまるで気に留めていないのかもしれない。

というのも、花城は一貫して無視を続けていたからだ。完全なる黙殺だった。あまりに自然体で、怖くて声が出ない、というふうにも見えなかった。

僕は「ねえ」と加賀《かが》に声をかける。

「花城がノーダメに見える」

「ああ、いつもあんなんなんだよ。相手にされてねえんだ、川崎」

「マジかぁ」

花城の肝の太さに僕は舌を巻いた。普通の女子なら、いや、男子でもあれはキツイだろうに。

さしたる反応を示さない花城に、川崎さんは分かりやすくイライラを募らせていく。

「あんたさぁ、お礼の一言も言えないの？」

花城は何も言わない。

「黙ってりゃ済むとでも思ってんの？　あんまり調子乗ってるとシメてほしいヤツがいるってチクっちゃうよ？　帰りに襲われても知らないから」

花城は無言でページをめくる。

「ああもうマジでムカつく！　なんか喋《しゃべ》れっつうの！」

川崎さんも川崎さんでよく折れないな、と僕は感心する。あれほど完璧《かんぺき》に無視を決め込まれたら、逆に虚《むな》しくなりそうなものだけど。何が彼女をそこまで必死にさせるのだろう。

しかし川崎さんもさすがに疲れたのか、「もういいわ」と言ってその場から去ろうとする。

そこでようやく花城が口を開いた。

「あのさ」

怒りと呆《あき》れが半々くらいに混ざった声だった。

教室が色めきたつ。加賀は「お、マジか」と驚いたように呟《つぶや》き、ほうぼうから「いよいよ反撃か?」とか「花城《はなしろ》のターン」とかそんなヤジが聞こえた。

周りの反応と微妙に緊張した教室の空気から察するに、どうやら花城から川崎《かわさき》さんに声をかけるのはかなり珍しいことのようだった。そしてそれを心待ちにしていたクラスメイトも、それなりにいるらしかった。

「あ? 何よ? 謝る気にでもなったわけ?」

川崎さんは振り返り、目を攻撃的に光らせ花城と相まみえる。

花城は毅然《きぜん》と立ち上がった。

「えっと、川崎? だっけ。参考までに聞きたいんだけど、こういうのって楽しい?」

「はあ? 楽しいってなんのこと? 私がわざと上履き隠したとでも思ってんの?」

「教科書を隠したり机に落書きしたり水をかけたり。なんの捻《ひね》りもない嫌《いや》がらせだけどさ」

「それ、被害妄想だから。全部私がやったんじゃないしぃ」

「人間性を損なってる自覚とか、ある?」

「意味不明なんだけど。ちゃんとした日本語で喋《しゃべ》ってくんない?」

「はぁ。もういいや。ちょっと殴るね」

「あ? やってみ――」

べちっ。

花城は川崎さんの顔面になんの躊躇《ためら》いもなくグーパンチを叩《たた》き込んだ。

誰《だれ》もが言葉を失う。

肩や腹で受けたのならともかく、鼻っ柱にモロだ。腰が入っていなくてもたぶんかなり痛い。実際、殴られた川崎さんは声にならない悲鳴を上げて、その場に尻餅《しりもち》をついた。遅れて、一筋の鼻血が垂れる。川崎さんは何が起こったのか分からないような表情で、立ち上がるどころか、ポタポタと垂れる鼻血を止めようともしなかった。

「ああ、ごめんね。血が出るとは思わなかった。でもまぁ、これでおあいこってことで」

花城はまったく悪気なくそう言うと、濡《ぬ》れた上履きを机の上からどかして読書を再開した。

この状況でまだ本を読むのか。誰もがそう思ったことだろう。

みんな動きだせずにいる。たぶん、川崎さんの出方を待っているのだ。

やり返すのか、屈するのか。今、クラスの女王様は試されている。

果たして川崎さんの取る選択肢は。

「――ひんっ」

涙目でその場から逃げだす、だった。

川崎さんは教室から走って出ていく。完全にビビってしまっているようで、若干へっぴり腰になっていた。その姿から女王様の威厳は微塵《みじん》も感じられない。取り巻きの女子たちは、冷めきった目でそれを見送っていた。

川崎さん終わったな、と僕は思った。よほどのことがない限り、彼女が女王様の地位に返り咲くことはないだろう。

「ふふ。ひんっ、だって」

花城《はなしろ》が独り言を呟《つぶや》く。

僕は初めて彼女の笑った顔を見た。


「大事件だったな」

昼休み。焼きそばパンを食べながら、僕の正面に座る加賀《かが》がそう言った。

結局、川崎《かわさき》さんは教室を出ていったきり戻ってこなかった。無理もないと思う。プライドの高い川崎さんにとって、あれほど屈辱的なことはない。仮に戻ってきても、「ひんっ」のイメージが邪魔をして以前のように振る舞うことはできないだろう。最悪、立場が逆転していじめられるかもしれない。いや、ひょっとすると彼女はもう二度と学校に来ないかもしれない。ざまあみろ、と笑うクラスメイトもいるけど、僕としては、川崎さんを少し可哀想《かわいそう》だと思った。

「鼻パンチはやりすぎだよ」

言って、僕はコーヒー牛乳を飲む。今日の昼ごはんはぶどうパンだ。

「あれくらい平気だろ。骨は折れてないだろうし。まぁ鼻血は出てたけど」

「それでも女の子の顔を殴るってのはなぁ」

「女同士だからセーフだ」

「性別はあんまり関係ないと思う」

「殴るまで怒らせたほうが悪い」

「話し合いで解決する道もあった」

加賀はしかめっ面《つら》になる。

「なんだよ、話の合わないヤツだな。それとも川崎の肩を持つのか？　パシリだったくせに」

「いや、そういうわけじゃないけど……あれかな。ホルスタイン症候群」

「ストックホルム症候群だろ。牛かよ」

それだ。ホルしか合ってなかった。適当に言ってみただけだから別にどうでもいいけど。

僕はなんとなしに加賀から視線を逸《そ》らして、目だけで教室を見渡してみた。

ほとんどのクラスメイトは友達と談笑しながら食事をしている。それは川崎さんの取り巻きだった女子たちも変わらない。むしろ彼女らに関しては、前より楽しそうにきゃあきゃあ言いながら笑い合っている。女王様がいなくなってもクラスは平常どおりだ。別にそのことに対して薄情だとは思わないけど、ほんのちょっぴり、寂しい気持ちになる。

妙な感傷に浸っていると、突然教室のドアが勢いよく開いた。バンッ、と大きな音がして、クラスの全員がドアのほうに目をやった。

そこにいたのは川崎さん。

と、やけにガラの悪い男子生徒が一人。

その人は髪を金に染めて十字架のネックレスをしていた。下はズボンをずり下げて穿《は》くいわゆる腰パンのスタイルで、裾《すそ》がボロボロになっていた。体格こそ細身だけど、キレたら何をしでかすか分からないような危うさを感じ取れた。

僕はこの人に見覚えがあった。少し考えて、思い出す。

たしか、川崎《かわさき》さんの彼氏だという噂《うわさ》の先輩だ。

先輩は剃《そ》りすぎてほとんど残っていない眉毛《まゆげ》を真ん中に寄せて、鋭い眼光で教室を睨《ね》め回した。そして言った。

「花城《はなしろ》ってやついる?」

和やかな教室の空気は一変して凍りつく。川崎さんの彼氏が不良で喧嘩《けんか》っぱやい性格なのは有名な話だ。だから大半のクラスメイトは下手《へた》な動きをして流れ弾《だま》を食らわないよう、さり気なく顔を伏せる。僕もそうしようとしたのだけど、運悪く先輩と目が合ってしまった。

「なぁ、花城ってどいつ?」

分かりません、と答えて、そうかならいいわ、で終わる気がマジで一ミリもしないので、仕方なく花城のいる席に目を向ける。

花城は、何事もないようにサンドイッチを頬張《ほおば》っていた。緊張感の漂う今のこの教室では、浮くほどに堂々とした食いっぷりだった。

先輩は花城の見当がついたようで、ズカズカと教室に入ってきた。

このときの川崎さんは意外にも大人しかった。普段の彼女なら、強力な助っ人の登場に虎の威を借る狐《きつね》をそのままに体現しそうなものだけど、今は無言で先輩に追従している。

「花城ってお前？」

先輩が花城の席の前で足を止めてそう言った。

「はぁ」

花城は食べかけのサンドイッチを手元に置いて先輩を見上げる。その目に怯《おび》えの色はない。

「そうですけど、何か」

「話がある。ちょっと来いよ」

「食事中なんですけど」

先輩が花城の机を思いっきり蹴《け》り上げる。ミルクティーとサンドイッチが宙を舞い、机はその場で半回転した。あまりに唐突で強烈なキックに、何人かの女子生徒が小さな悲鳴を上げた。

「来るの？　来ないの？　どっち？」

花城は少しの間を置いてから、無表情のまま言った。

「……分かりました」

「じゃあついてこい」

先輩は花城と川崎さんを引き連れて教室から出る。

「チクったら殺すから」

最後にそう言い残して、先輩は教室のドアを強く閉めた。

沈黙していたクラスメイトたちは徐々に口を開き始める。

「ちょ、やばくね？」「花城《はなしろ》死ぬぞあれ。誰《だれ》か先生呼んでこいよ」「つーかあの先輩マジで川崎《かわさき》の彼氏だったんだ」「やっぱ川崎に逆らうもんじゃねえな……」

やはり花城を心配する声が多い。だけど、みんなあの先輩に恐怖心を植えつけられたのか、誰も先生を呼びに行こうとはしなかった。それは僕も同じだった。

「こわ。僕だったら泣いてるかも」

食事を再開する僕に、加賀《かが》は深刻そうな顔で言う。

「いや、どうすんだよお前」

「どうするって？」

「助けに行かないのか？」

何言ってんだろ、と僕は思った。

「いやいや、どうして僕が」

「言ったろ。花城が川崎に絡まれるようになったのは、お前のせいでもあるって」

「初耳だよ。意味分かんないよ」

「川崎はイライラしてるとき決まってお前をパシる。そうやってうっぷんを晴らしてんだ。でもお前が何日も休むもんだから、川崎は花城に怒りの矛先《ほこさき》を向けた」

「だから僕のせい、ってのは暴論すぎない？」

「しかもお前は花城の席を教えて先輩の脅迫に加担した」

唐突に事実を告げられ、僕は少しばかり答えに詰まってしまう。

「……嫌《いや》な言い方するなぁ。あれはしゃーなしだよ。加賀だってそうしてた」

「かもな」

言って、加賀は席を立った。

「助けに行くの？」

「あればっかりは見過ごせねえだろ」

「かっこいいね。なんかの主人公みたいだ」

「ならお前は背景を埋めるためだけに存在するモブだな」

そこまで言われるとさすがにちょっとムッとしてしまう。でも加賀の言っていることは間違いではない。僕は不良の先輩に花城の席を教え、そのうえ知らんぷりを決め込もうとした。モブどころか単に嫌なヤツとして認識されても文句は言えない。

「お前は来るの？　別に無理強《むりじ》いはしねえけど」

このままモヤモヤした感情を飲み込んで保身に徹するか、花城を助けに行って良好な精神状態を取り戻すか。

天秤は、後者に傾いた。

「しゃーないな。分かったよ、僕も行くよ」

上手《うま》く乗せられたような気がしないでもないけど、実際、花城《はなしろ》のことは心配だった。もし先輩にボコられでもして彼女が大怪我《けが》をしたら、後味が悪いどころの話ではなくなる。

「でも、やばくなったらすぐ先生呼ぶからね」

「おう。そんじゃ追うか」

僕は食べかけのぶどうパンを口に押し込んで、走りだす加賀《かが》に続いた。


不良の私刑場所といえば、体育館裏と相場が決まっている。今まで読んだ漫画ではそうだった。実際、校内で人目につきにくく適度に広い場所といえば体育館裏しか思い当たらなかったので、僕たちは真っ先にそこへ向かった。予想は当たっていた。

「で、なんで呼び出されたか分かってる?」

花城は壁に追いやられる形で先輩から尋問を受けていた。とりあえず暴力沙汰《ざた》にはなっていなくて安心する。僕と加賀は体育館の角に身を隠して、三人を見張ることにした。

「さぁ。分かりません」

「あ、とぼけちゃう? 殴られてケガした、って小春《こはる》から聞いたんだけど」

小春、というのは川崎《かわさき》さんの下の名前だ。聞くたびに女王様っぽくないよなと思う。

「それでしたら本当です。でもちゃんと予告しましたよ。殴るね、って」

「へぇえー、花城ちゃんは予告さえすれば殴っていいと思ってんだ？　すげーな。じゃあさ、俺も今から殴るね、って言ったら君のこと殴っていいの？」

先輩は歪《ゆが》んだ笑《え》みを浮かべて花城に顔を近づける。見ているこっちがハラハラしてくるような状況にも、花城はやっぱり動じない。彼女ははっきりした口調で質問に答えた。

「好きにすればいいと思います。もちろんそれなりの抵抗はさせてもらいますけど」

花城、恐れを知らなすぎる。この先輩はたぶん女子でも殴るぞ。

僕は小声で「そろそろ先生呼びに行こうよ」と加賀に言った。加賀は無言で頷《うなず》いた。とりあえず職員室に向かうためその場から離れようとした、そのとき。

「うおっ⁉」

花城が先輩に殴りかかった。

予告どころかなんの前触れもない、完全な不意打ち。川崎さんのときと同じように、花城は顔面にパンチを繰り出す。だけどスピードが足らなかったせいか、もしくは先輩の反射神経がよかったのか、拳《こぶし》は止められてしまった。

「いきなり何すんだてめえ！」

逆上した先輩は花城の頬《ほお》を張った。ばしん、と乾いた音が響く。音の大きさからしてかなりの力で張ったことが分かった。花城の口の端《はし》に血が滲《にじ》む。

ついに暴力沙汰になってしまった。もう様子見しているわけにはいかない。早く先生を呼びに行かなければ。いや、でも呼びに行っている間にもっと酷《ひど》いことになるかもしれない。そう考えると僕たちで止めに入ったほうがいい。二人いるし、数的には有利だ。でも返り討ちにあう可能性もあるな――。

などと迷っている間にも、今度は花城《はなしろ》のお腹《なか》に蹴《け》りが入る。「うぐ」と低い声を出して彼女は前かがみになった。

「ちょ、ちょっと！　それはやばいって！」

川崎《かわさき》さんがヒステリックに叫ぶ。あんたが言うのかよ、と突っ込みたくなったけど、たしかにこれはやばい。もう迷っている暇はなさそうだ。なけなしの勇気を振り絞って、僕は止めに入ろうと足を踏み出す。と同時に、加賀《かが》が「おい！」と大声で叫んだ。

「先生が来たぞ！」

僕は足を止めて辺りを見やる。でも先生の姿はどこにもなかった。

「どこにいんの？」

「ブラフだ」

ああなるほど、と感心する。古典的だけど、効果的だ。

先輩は「先生」に反応してきょろきょろし始めた。いくら不良といえど、後輩女子への暴力が表沙汰《おもてざた》になることは避けたいのだろう。内申というよりメンツの問題か。

先輩は僕と目が合うなり、苦虫を噛《か》み潰《つぶ》したような顔をした。

「クソ、あいつか呼びやがったの……。ま、いいや。花城ちゃん、もう調子乗らないでね。次はマジでぶっ殺すから」

脅し文句を吐き捨てて、先輩はダッシュで逃げようとした。だけど花城はそれを許さなかった。

「逃さない」

ずだん、と先輩が勢いよく前に転ぶ。花城が背後から腰にタックルしてきたのだ。身体《からだ》前面を強《したた》かに打った先輩は「ぐあっ」と情けない声を出した。

花城はそのまま先輩の身体の上を這《は》うように移動して、背中に跨《また》がった。途中、スカートがめくれ上がって何度もパンツが見えた。しかし平手を食らった反動で前髪が乱れた花城はさながらホラー映画の悪霊のような鬼気があって、僕はとてもラッキーとは思えなかった。

花城は胸ポケットからボールペンを抜く。そしてそれを、先輩のこめかみに思いっきり突き立てた。

「ぎゃあ！」

悲鳴を上げる先輩。まさか骨を貫通するなんてことはないだろうけど、かなり痛そうだ。

花城は何度もボールペンを振り下ろす。腕だろうが顔だろうが、容赦なく。最初、先輩は不利な体勢から抜け出そうと必死にもがいていたけど、脱出は不可能だと悟ったのか、今は完全に頭を腕で覆って、攻撃がやむのを待っていた。たぶん、もう戦意を失っている。たまに「悪かったから」とか「すいません」とかの台詞《せりふ》が聞こえる。花城《はなしろ》はいつまで刺すつもりなんだろう。僕は口を半開きにして彼女の猛攻を見つめていた。

「おい！　ちょっとやりすぎだろ！　止めるぞ！」

加賀《かが》の声で僕は我に返る。ああ、そうだった。見ていないで止めないと。

先に加賀が花城に駆け寄る。彼女は僕たちを先輩の仲間とでも勘違いしたのか、ボールペンをブンブン振り回して威嚇《いかく》した。加賀は迂闊《うかつ》に近づけない。

僕は花城の意識が加賀に向いている隙《すき》を狙《ねら》って彼女に近づき、後ろから羽交い締めにした。よっ、と力を入れて立ち上がり、とりあえず先輩から距離を取る。

汗とリンスの混じった匂《にお》いが鼻腔《びこう》をくすぐる。花城はびっくりするほど軽くて柔らかかった。こんなひ弱ともいえる身体《からだ》のどこにクラスの女王様と不良の先輩を屈服させる闘志が宿っているのだろう。ふしぎだ。

「離して！」

花城が暴れる。しかし一度動きを封じてしまえばこっちのものだ。力は僕のほうが強い。

「お、落ち着きなよ花城。もう事は済んだだろ？」

ぐい、と腰を捻《ひね》って花城を身体ごと先輩のほうに向ける。先輩は、酔っぱらいみたいな足取りで校舎と逆方向に進んでいた。先にあるのは校門。敗走のようだった。

先輩の後ろ姿を見て、花城はやっと暴れるのをやめた。

「落ち着いた？」

「……離して」

僕はすぐさま言われたとおりにする。

花城は前髪を横に流し、口元を手の甲で拭《ぬぐ》った。頬《ほお》に赤い筋が走る。僕は映画のワンシーンを見ているような気分になった。

「何？」

ぎろ、と花城に睨《にら》まれる。しまった、ジロジロ見すぎた。

つい見とれてしまって、なんて口が裂けても言えないので、適当に誤魔化す。

「ごめんごめん。それ、痛そうだと思ってさ」

花城の顔を指差す。適当に言ったものの、改めて見てみると実際かなり痛そうだった。平手を食らった左の頬が赤く腫《は》れている。

「保健室、行ったほうがいいよ」

「言われなくてもそうする。ほっといて」

と言った矢先に、花城は大きくよろめいた。まだ頭にダメージが残っているらしい。慌てて彼女に近寄ると、無言で「あっちいけ」というふうに手を払われた。保健室に辿《たど》り着くまでに倒れられても後味が悪いので、僕は距離を空けてついていくことにした。加賀と川崎《かわさき》さんは、別に怪我《けが》をしたわけでもないし、放っておいても大丈夫だろう。

僕と花城《はなしろ》は校舎に入り、微妙な距離感のまま人気《ひとけ》のない廊下を進んだ。

「前の学校でもあんな喧嘩《けんか》ばっかりしてたの？」

汗で制服がぴったりと張りついた背中を見つめながら、僕は訊《き》いた。花城は振り向くことなく「だから何？」とぶっきらぼうに答えた。

「余計なお世話かもしんないけどさ、女の子が顔に傷作るような真似《まね》しちゃダメだよ」

「これくらい、どうってことない」

「君がどうでもよくても、他に心配する人がいるかもしれないし」

「誰《だれ》よ、それ」

「誰って……そりゃあ、親とか？」

「私、親いない」

花城はそんなことを平然と言った。

あまりにさらりと言うものだから、僕もさらりと正直な感想が漏れてしまう。

「へえ、それはいいな」

花城が足を止める。そこで僕は「あ、やべ」と思った。

親がいない、という台詞《せりふ》に対し、それはいいな、は不適切だった。不謹慎と言ってもいい。大抵の女子高生、というか人間は、親の別居や死別を悲しく思うのが普通で、ここはデリケートな領域に安易に踏み込んでしまったことを謝罪するのが正解だった。

「それ、どういう意味?」

花城が振り返ってそう言う。彼女は驚いているのか怒っているのか、いまいち判断のつかない顔をしていた。だけど、適当な返答は許さない、とでもいうような真剣味みたいなものは、ひしひしと感じた。ひょっとすると僕は、地雷を踏んでしまったのかもしれない。

返答を誤ればグーかボールペンが飛んでくる。確信に近い推測が浮かんで僕は焦った。

どうしよう。今からでも謝罪したほうがいいだろうか。でも謝るということはつまり、自分の非を認めるわけだから、こいつは私を侮辱したのか、と解釈されてしまうかもしれない。それはいけない。だからここは、僕の家庭事情を丁寧に説明してやって「それはいいな」発言の真意を花城に伝えたほうがいいかもしれない。でもその場合どこから話すべきなんだろう。父さんの酒癖が悪くなったところから? 母さんが蒸発したところから? それとも、カレンが——。

と、そこまで思案を重ねたところで、五時間目の予鈴が鳴った。

「あ! そういや次の授業は移動教室だった。早く行かないと遅刻しちゃうかもなぁ。ということで僕行くね。花城は保健室でゆっくりしてって。そんじゃ!」

普段出さないような明るい声でまくし立てて、僕は足早に退散する。

後ろで花城が何か言ったような気がしたけど、聞こえなかったフリをした。

理科室には遅刻寸前で着いた。授業が始まり先生が出欠確認を取ると、僕は花城《はなしろ》だけでなく川崎《かわさき》さんも欠席していることに気がついた。大方、いたたまれなくて家に帰ったんだろうな、と思って授業終わりに加賀《かが》に訊《き》いてみたら、案の定そうだった。

「なんか、吹っ切れた感じだったぜ」

「川崎さんが？」

「ああ。急に脱力して微笑《ほほえ》んでよ。そんでふらふらしながら帰ったんだ」

「え……。それって自殺の兆候とかなんじゃないの」

「おっかないこと言うなよ……さすがにそれはねえだろ、たぶん。それより、そっちはどうだったんだよ。花城となんかあったか？」

「別に何も。僕がビクビクするだけで終わった」

「なんだよ、つまんねえな」

一体何を期待していたのか。

そしてすぐに六時間目が始まる。川崎さんと花城は引き続き欠席。だけど花城に関しては先生から「体調不良でお休み」と欠席した理由が伝えられた。教室には花城の鞄《かばん》が残っていたし、彼女はまだ保健室にいるのだろう。頬《ほお》を腫《は》らしてやって来た花城を見て、保健室の先生は驚いたに違いない。いじめを疑われたりして。傷の原因を訊かれたら花城はなんて答えるんだろう。

授業が終わって、僕は誰《だれ》よりも早く下校した。

いつも利用する駅を通り過ぎ、線路に沿ってしばらく歩く。トンネルに差し掛かったところで足を止め、当分電車が通らないことと周りに人がいないことを確認して、金網フェンスに足をかける。ガシャンガシャンと音を立てながらなんとかフェンスを乗り越え、線路内に着地。そのまま小走りで進み、トンネルを抜け、線路脇《わき》にある木製の階段を下りていく。

そこにウラシマトンネルがある。

僕は検証を行うつもりだった。

このトンネルがウラシマトンネルなのはほぼ間違いない。でも噂《うわさ》で聞いた話と異なる点がかなりある。たとえば「年を取る」は「時間の流れが遅くなる」だったし、「欲しいものがなんでも手に入る」に関しては、なんでも手に入るわけでも、ましてや自分の欲しいものが現れるわけでもなかった。

このトンネルの中で発生する出来事を、僕のような普通の高校生が科学的に説明できるとは思えない。けれど規則性はあるはずだ。それさえ判明すれば、危険を冒さずにトンネルを探索でき、カレンに会う方法を見つけられるかもしれない。

だから、検証を行う。

とりあえず今日は、トンネル内の時間の流れ方を知りたい。昨日はたった数分トンネルにいただけで一週間も過ぎた。トンネル内での一分は外の世界で何時間に相当するのか、まずはそれをはっきりさせておく。でないと、それこそ浦島太郎のように、凄《すさ》まじい時間をトンネル内で浪費する恐れがある。

仮に僕がトンネルで五年を浪費したら、身体《からだ》が一七歳のままであっても、戸籍上では二二歳になる。社会的に年を取ってしまうのだ。山奥で暮らす野生児とかならともかく、現代社会に生きる僕にとって、いたずらに年月を浪費するのは非常によろしくない。

時間というのはいつだって取り返しがつかない。だから慎重に、調査しなければ。

荷物を地面に降ろして携帯を鞄《かばん》の上に置く。軽い準備運動をしてから、僕はトンネルに入った。

まずは時間の流れが狂いだす境界線を見つける。トンネルに入ったり出たりを繰り返して、徐々にその間隔を広げてゆく。トンネルを出た際に、外に置いた携帯の時間が大きく進んでいれば、一度境界線を越えたことになり、おおよその位置が分かる。効率が悪いような気がしてならないけど、これくらいしか方法が思い浮かばなかった。

トンネルに入ったり出たりを繰り返す。気分は懐かしきシャトルラン。

大体三〇往復くらいしたところで、バテた。

「はぁ……しんど……」

トンネルの中は外に比べて涼しい。けど、それでもまだまだ暑い。すでに全身汗びっしょりだった。

やはりこの方法では効率が悪すぎる。

思い切って鳥居が現れた場所まで進んでみることにした。別にはっきりした境界線を割り出す必要はないのだ。大体でいい、大体で。一〇メートルや二〇メートルくらいまでズレても、大した問題にはならないだろう。

楽観的に考えながら足を進め、そして、白色の鳥居を前にする。

思わずごくりと生唾《なまつば》を飲んだ。どうやら僕はまだ、昨日の体験がすべて夢だったんじゃないかと心のどこかで疑っていたらしい。こうして鳥居を見上げると、大きな現実がのしかかってくるような感じがして、圧倒される。

やっぱり、ちょっと不気味だ。巨大な獣骨みたいな鳥居もさることながら、現在進行形で燃えている松明《たいまつ》の火も恐怖心を煽《あお》る。昨日から燃え続けているのか、誰《だれ》かが火をつけ直したのか……どちらにせよ、考えるだけ無駄か。

「よし、行くか。たぶん、雰囲気的にこの鳥居が境界線だと思うし」

鳥居をくぐったら、すぐに引き返す。

僕は歩みを再開し、念のため三つ目の鳥居まで進んでみる。そして回れ右をした。

はっと息を呑《の》んだ。

すぐそこに人影があった。遅れて、それが花城《はなしろ》であることに気がついた。

「……」

「……」

通学鞄《かばん》を肩にかけた彼女は、キョトンとした顔で腕を組んでいる。頬《ほお》には大きなガーゼが貼《は》られていた。

幻覚かな、と思った。

なぜならここに花城《はなしろ》がいるのはおかしいからだ。いや花城じゃなくてもおかしい。彼女も鳥居を抜けてこちら側にいる。手を伸ばせば届くほどの至近距離だ。後をつけられていたならもっと早い段階で気づくはず。しかし分からないのは、今日初めてほんの少し喋《しゃべ》った程度の花城がなぜ幻覚として現れたのか、だ。しかも殴られた頬にガーゼまで貼ってあるという、無駄に高いリアリティで。

「ねえ」

幻覚が喋った。

「ここ、何？」

「何、と言われても……」

ウラシマトンネルです、と答えればいいのか。それとも、今調べてる、と答えればいいのか。どっちだ。そもそも幻覚相手に説明する意味はあるのだろうか。時間の無駄としか思えないけど……。

って時間。おいおい何を悠長に悩んでいるのだ僕は。こんなことしてる暇はないだろ。

「は、早く出ないと！」

「なんで？」

「いいから！」

僕は出口に向かって無我夢中で走る。早く出ないとまた何日も過ぎてしまうかもしれない。ぜえぜえ息を切らしながらトンネルを抜ける。さっきまで青かった空はもう薄墨色に染まっていた。慌てて携帯の時刻を確認すると、トンネルに入ってから三時間も経《た》っていた。時間が飛んでいる。

「手、痛い」

「え？」

声がしたほうを見ると、なんと幻覚のはずの花城がいた。

手、とはなんのことだろうと思って視線を下ろすと、僕はがっちり花城の手を握っていた。

「うわあ！」

熱々の鉄板に触れてしまったかのように僕は手を離す。完全に無意識のうちに握っていた。

僕の手にはまだ花城の体温が残っている。柔らかかったな……じゃなくて。この花城、本物じゃないか。

勝手に触らないでよ、とか言って殴りかかってこないか心配だったけど、思いのほか花城は落ち着いた様子だった。ただ、目には若干懐疑の色がある。

「塔野《とうの》くん」

呼ばれて僕はちょっと驚く。名前、覚えていたのか。

「これってどういうこと?」

花城《はなしろ》は空に瞬く一番星を指差した。時間が飛んだことに気づいている。

説明、しなくちゃいけないんだろうか。できればしたくない。もし真実を知った花城が「専門家に調べてもらおう」的な思考に至って報告してしまったら、このウラシマトンネルに自由に出入りすることができなくなる。それはダメだ。カレンを捜せない。でも嘘《うそ》をつくというのも難しい話だ。僕のトンネル内での言動から無知を装うことはできないし、上手《うま》い言い訳も思い浮かばない。田舎は日が落ちるのが早いんだよ、は間違いなく通用しない。下手《へた》に騙《だま》そうとして反感を買われるのも御免だ。

「……」

花城は黙って僕の返事を待っている。

……仕方ない、話してしまおう。なんとなくだけど、花城は誰《だれ》かに言いふらすことはしないと思う。ツチノコを捕まえたら売るんじゃなくて自室で飼うタイプだ。たぶん。

僕は渋々説明を始めた。

「なるほどね」

一通りの説明を終えると、花城は心なしか楽しそうに相槌《あいづち》を打った。かなり現実離れした話だったのに、「なるほどね」の一言でよく飲み込めるものだ。やはりボールペンで人をめった刺しにするような人は、常人と考え方が違ったりするんだろうか。

「それで、塔野くんはどうしてそのウラシマトンネルに入ろうと思ったの？」

簡単な状況説明とはいえ、いくつか言葉を交わして、花城は幾分かフランクになっていた。とりあえず殴られる心配はしなくてよさそうだ。

「別に、大した理由はないよ。どうしても欲しいものがあったから入っただけだ」

「どうしても欲しいものって？」

本当のことを言う必要はない。僕は嘘をつく。

「お金だよ。バイクとかギターとか、欲しいものはたくさんある」

「嘘」

速攻でバレた。なんで？　適当すぎた？　そういや今朝は加賀《かが》にも嘘を見抜かれていたな。僕って嘘をつくのが下手なんだろうか。

「塔野くん絶対そういうの興味ないでしょ」

「人を見た目で判断するのはよくないよ」

「本当のところはどうなの？」

花城がパチッとした目で僕を見つめる。

なんだろう、やけに突っかかってくるな。学校にいるときとキャラが違うぞ。というか、訊《き》くタイミング逃したけど花城《はなしろ》はなんでここにいるんだろう。場所的に偶然ばったり、はあり得ないし。じゃあ後をつけてきたってことになると思うんだけど、それならそれで今度はつけてきた意味が分からない。僕になんの用があるんだ？　用があるとして、普通、線路の上を歩いたり見るからに怪しいトンネルに入ったりしてまでつけてくるか？　そんなに大事な用なの？　でも大事な用ならすぐに声をかけるはずだし……うーん、ダメだ分からん。なんか考えるのが面倒くさくなってきた。

ここは一つ、本当のことを暴露してしまおうか。僕がなぜウラシマトンネルに入るのか、その真相を聞けば花城はたぶんドン引きする。ドン引きすれば勝手に去っていく。結果的に僕はあれやこれや面倒なことを考えずに済む。

よし。これで行こう。

「分かった分かった。じゃあ、話すよ。あのね、僕が欲しいものってのはあれだよ。妹。あ、妹ってのは可愛《かわい》い妹が欲しいとかそんなんじゃなくて、すでにいる……じゃなくていた、僕の妹のことで、名前をカレンっていうんだけどさ。我が妹ながらめちゃくちゃ可愛い子で、あんまり可愛いもんだから毎日一緒に遊んでて、喧嘩《けんか》なんか一度もしたことなかったんだよ。でも、五年前にカレンは木から落ちて死んじゃって、それがまぁ、大体僕のせいなんだけど、父さんも母さんもカレンを溺愛《できあい》していたから、二人とも人が変わるくらいショックを受けて、なんかもう、家庭崩壊みたいな感じになっちゃったわけだよ、塔野家《とうの》。いや、家庭崩壊に関しては仕方ないとは思ってるんだよ。元々、ちょっと不安定な家庭だったからさ。でも、カレンが死んだってのは、僕的にはなかなか受け入れられなくて、正直、今でも乗り越えられる気がしないんだ。死んだ、って何度も言ってるけど、死んだ、と、終わった、を繋《つな》げることができないでいるというか、こう、そのうちただいまーって言って何事もなかったかのように家に帰ってくるんじゃないか、みたいな、そういう期待をどうしてもしちゃうんだよ。でもまぁ当然、カレンはすでに灰と骨になってるわけだから、僕の前に現れるはずなくて、期待は何度も裏切られ続けてるんだけど、それが結構辛《つら》かったりして、だから……えーと、だからなんだ。まぁとにかく、僕はこのウラシマトンネルに入ってカレンを取り戻そうと思ってる。これが、本当のところだよ」

ふう、と息を吐《つ》く。ここ数年で一番喋《しゃべ》った。

カレンの名前を口にすると自然と言葉が溢《あふ》れて止まらなかった。自分でも把握できないくらい頭の深いところで、僕は誰《だれ》かに話したいと思っていたのかもしれない。そう考えると少し情けなくなった。

花城は目を丸くして口をポカンと開けている。大方予想どおりの反応だ。僕は次に来るであろう拒絶の言葉に身構える。無理、でも、キモい、でもなんでも来い、と意思を固めていたら、花城は「ぷっ」と吹き出した。

「あっはははははは！」

爆笑だった。

予想外の反応に僕は完全に虚を突かれた。ここは笑うところではない。

花城《はなしろ》はひとしきり笑ったあと、目に浮かんだ涙を指で拭《ぬぐ》って言った。

「塔野《とうの》くんって、変ね」

君が言うか。君が。

「このトンネルのこと、もう誰《だれ》かに話した？」

「いや。こんなバカげた話、言ったところで誰も信じないよ」

「だろうね」

花城はなおも嬉《うれ》しそうに笑う。何がそんなにお気に召したのだろう。

「ねえ、塔野くん」

花城が急に距離を詰めてくる。近い。僕はどぎまぎしながら、花城ってまつ毛長いな、なんて場違いなことを考えていた。

「え、えっと、何？」

「私と手を組まない？」

「はい？」

「お互い欲しいものを得られるよう協力し合って、ウラシマトンネルを解明するの。二人いるほうが何かと効率的でしょ？」

「協力……？」

僕はちょっと考える。

ドン引きさせて花城を遠ざけることには失敗したけど、これはこれでアリかもしれない。花城がどこまで本気なのか分からないけど、協力者はいたほうがいい。無駄にトンネルを走り回らなくて済む。それに、手を組むってのもビジネスライクな感じがして僕好みだ。

考えがまとまって、僕はこくりと頷《うなず》いた。

「分かった、いいよ」

「じゃあ、成立ってことで」

花城は後ろに一歩引くと、してやったりという顔で口角を上げた。頬《ほお》に貼《は》られたガーゼがわずかにたわむ。何か裏のありそうな笑《え》みで、今になって自分が騙《だま》されているのではないかと不安になってきた。といっても、騙される理由もメリットもさっぱり考えつかないのだけど。

あ。理由といえば。

「ずっと訊《き》きたかったんだけど、花城はどうしてこんなところにいたの？」

「ああ、ちょっと塔野くんに訊きたいことがあって」

訊きたいこと、というとやっぱり僕に用があって後をつけてきたのか。わざわざ学校から。

どうして途中で声をかけなかったんだろう、という僕の疑念を感じ取ったのか花城は「尾行するのが楽しくなっちゃって」と少し照れくさそうに付け足した。楽しいだろうか……？

「それで、訊《き》きたいことっていうのは？」

「忘れちゃった」

「なんだそりゃ」

僕は呆《あき》れてしまう。

「あんな衝撃的な体験をしたんだもの。記憶の一つや二つくらい、飛んでも不思議ではないでしょ？」

と、言うわりにはずいぶん澄ましているというか、平然としている。本当に忘れたのだろうか。わざわざ忘れたフリをする理由も思い浮かばないから、追及はしないけど。

「それより、塔野《とうの》くん」

す、と花城《はなしろ》は右手を差し出す。

「うん？　何？　お金？」

「なんでこのタイミングでお金を請求するのよ」

鋭い突っ込みを入れてから、花城は柔らかな笑《え》みを浮かべた。

「握手よ。これからよろしくね、っていう」

「あ、ああ。握手ね」

急な距離感の縮め方に動揺しつつも僕は右手を差し出す。花城は僕の手を強く握った。

「これからよろしくね」

「……こちらこそ」

そのやり取りを最後に、僕たちはウラシマトンネルを後にした。

なんだか、狐《きつね》につままれたような気分だった。

第三章

雨上がりの憧憬

花城《はなしろ》と手を組んだ翌日の放課後。僕はウラシマトンネルの前で花城を待っていた。かれこれ約束の時間から二〇分くらい経《た》っているけど、彼女は未《いま》だに姿を現さなかった。連絡の取れない相手を真夏の炎天下で待つ気分は、控えめに言ってよろしくない。こんなことなら一緒に行くよう学校で誘っておくべきだった。

待ち時間を三〇分ほど過ぎた頃《ころ》、ようやく花城の姿が見えた。彼女は急ぐ様子もなく木製の階段を下りてくる。頬《ほお》に貼《は》られたガーゼが目立つものの、その姿は優雅でさえあった。

「待った？」

「待った」

花城は「そっか」と大して悪びれもせずに言って、鞄《かばん》から新品のビニール紐《ひも》を取り出した。

「これを買いに行ってたら遅くなっちゃった。ここらへん田舎すぎて嫌《いや》になるね」

「そんなもの何に使うの？」

花城は「ふふん」と得意げに笑って、はっきりと言った。

「実験」

花城から聞いた実験内容を頭の中で整理する。

まず、ビニール紐の先端を持つ人と芯の部分を持つ人に分かれる。先端を持つ人は一人でトンネルに入り、一定の速さで進み続ける。逆に芯を持つ人はトンネルの外で待機し、ビニール紐がたるまないよう軽く引っ張っておく。

芯を持つ側の立場になって考えてみると、トンネルの中と外で時間の流れ方が同じなら、ビニール紐は一定速で伸び続けるだろう。しかし先端を持つ人が時間の流れが狂う境界を越えたら、ビニール紐が伸びる速さにも変化が表れるはずだ。そうなったら芯を持つ人は、これ以上ビニール紐が伸びないよう強く引っ張るなりして、先端を持つ人に引き返させる。

これならトンネルを何度も出たり入ったりしなくても、時間の流れが狂いだす明確な境界線を見つけることができる。こんな方法よく思いついたな、と感心するのと同時に、僕は花城が本気でウラシマトンネルを解明するつもりでいることに驚いた。

たった数分で一週間も時が流れる得体の知れない空間だ。加賀《かが》の言葉を借りるなら『逆精神と時の部屋』だ。下手《へた》をすれば数年をトンネル内で過ごすことになるかもしれないし、欲しいものが必ず手に入るとも限らない。軽い気持ちで挑める場所ではないことを、花城はちゃんと理解しているのだろうか。

「花城はマジでこのトンネルに入るつもりなの？」

「うん。マジだけど」

「数分いるだけで一週間も時間が過ぎるんだよ。欲しいものが近くにあればいいけど、トンネルがどこまで続くのか分からない。それに、時間が遅く流れる以外の異常な性質だってあるかも」

「リスクはあって当然でしょ？　それくらいで足踏みしてたら、なんにもできなくなっちゃう」

「それでも限度がある」

「塔野《とうの》くんは私とウラシマトンネルを調べるのが嫌《いや》なの？」

「いや、そういうわけじゃないよ。ただ、どこまで君が本気なのか確認しときたくて……普通の人は、こんなことしないから」

花城《はなしろ》はひどくつまらなさそうな顔をした。

「私、普通って嫌い」

「なんでさ」

「価値がないから」

僕は失笑してしまう。

「それはずいぶん辛辣《しんらつ》だね」

「事実そうでしょ。物品にせよ体験にせよ、なんだって価値がつくのは希少性があるもの。どうせ生きてるんなら、いいものを得て生きたいじゃない。ありふれた人生なんてつまんない」

「うーん……まぁいいものを得て生きたいってのは僕も同感だけど、だからって普通に価値がないというのは極論じゃないかなぁ。普通だからこそいいものとか、あると思うし」

「たとえば？」

「えっと、たとえば、サケとか？　サケって聞くと庶民的なイメージがあるけど、そこらへんの高級魚より美味《おい》しいと思うんだよね、僕は。だから仮に今日が土用の丑《うし》の日で僕がお金をたくさん持っていたとしても、スーパーに行ったらウナギじゃなくてサケを買うよ」

「私はサケよりウナギのほうが好き」

「あ、そう」

早い決裂だった。ていうかなんの話だこれ。

「でも、塔野くんのそういうとこは嫌いじゃないよ」

にこりと微笑《ほほえ》みかける花城。僕は腹の内側をくすぐられるような感じがした。

僕は花城のキャラが未《いま》だによく分からない。教室では望んで孤独になるほど非社交的であり

ながら、一方で人の後をコソコソつけて面白がる子供みたいな一面もあって、時たまこうして

人を勘違いさせちゃうような「女感」を見せる。果たして本当の花城はどれなんだろう。

「それより、検証するなら早くしよ。時間がもったいない」

「う、うん。分かったよ」

なんだか話を逸《そ》らされたような……と思いつつも、僕たちは検証に取り掛かった。

ビニール紐《ひも》の先端を持つのは僕の役目となった。花城が外で待機して僕がトンネルを進む。

ビニール紐が強く引っ張られれば、それが引き返しの合図だ。

「なんか……あれ、思い出すな。糸電話」

トンネル内を歩きながら独り言を言う。

昔、カレンとこんな遊びをしていた。家の庭と二階の窓を糸電話で繋《つな》いで、どうでもいいことを話し合うのだ。話の内容はまったく覚えていないし一日で飽きたけど、楽しかった、ということだけはたしかに記憶している。

「カレン……この先に、いるのかな」

目を細めてトンネルの奥を見つめる。すると、ぼんやりとした明かりが見えた。松明《たいまつ》の火だ。鳥居が近い。おそらく時間が狂う境界線もこの辺りにあるはずだ。僕は気を引き締めた。

一定のペースで足を進め、最初の鳥居を抜けた。その瞬間、ビニール紐《ひも》がピンと張った。引き返しの合図だ。素早く踵《きびす》を返して僕は出口を目指す。

トンネルから出ると、花城《はなしろ》が仁王立ちして待っていた。どことなく満足げな表情だった。

「お疲れ様。塔野《とうの》くん、二〇分くらいトンネルに入ってたよ」

「え、ほんと？　合図と同時に引き返したつもりだったんだけどな……」

「それで二〇分も経《た》ってたのは、塔野くんが境界線を越えたからでしょ。それで、どの辺りで引き返したの？　やっぱりあそこ？　鳥居を抜けたとこ？」

興味津々に詰め寄られ、僕は押され気味に首肯《しゅこう》する。すると花城は「やった。実験成功」と控えめに声を上げて喜びを表現した。彼女のあどけない仕草に、僕はドキッとしてしまう。

ともかく。境界線が分かったなら正確な時間を測ることができる。今すぐ計測を、といきたいところだけど、すでに時刻は五時半だ。今から始めても終わるのは夜になるかもしれない。

「続きは明日にする？　ちょっと時間が遅いし」

僕が提案すると、花城は首を横に振った。

「結果が気になるから今日中にやっちゃおう。それとも、早く帰らないとまずい？」

父さんが家に帰ってくるまでに、僕は晩ごはんを用意しておかないといけない。けど最近は帰ってくるのが遅いから、まだ時間には余裕がある。

「別に大丈夫だよ。やろうか」

「そうこなくっちゃ」

花城はご機嫌に頷《うなず》く。早く結果を知りたくてうずうずしているように見えた。

「じゃあ、僕がトンネルに入って三秒だけ境界線の向こう側で待ってみるよ」

「分かった。私はここで待ってる」

「いや、あとは僕一人でも大丈夫だよ。トンネルから戻ったら、外でどれくらい時間が経ってるか確認するだけだし。結果だけ学校で教えることもできるけど」

「分かってる。それでも待っていたいの。せっかく二人で境界線まで割り出したんだから、最後まで結果を見届けたいじゃない」

「……そう？　そこまで言うなら止めはしないけど」

あんまり戻るのが遅くなるようなら先に帰っていいからね、と言い残し、僕はトンネルに足を踏み入れた。

しばらく進んだところで、最初の鳥居を前に立ち止まる。

鳥居をくぐると同時に、僕は携帯のストップウォッチ機能で時間を計測する。一、二、三秒で来た道をすぐ引き返した。

トンネルの中が行きよりも少し暗くなっている。出口はまだ遠いものの、外はもう日が落ちていることが分かる。となると、トンネルに入ってから最低でも一時間以上は経《た》っているのだろう。さすがに花城《はなしろ》はもう帰ったか。

「ほんと……一瞬で過ぎたな……」

そんな言葉が口から漏れた。

ウラシマトンネルの時間の狂いを体験するのはこれで三度目だ。なのに、この非現実的な現象には未《いま》だに慣れない。背中に感じる怖気《おじけ》を振り切るよう、僕は歩くペースを上げた。

トンネルを抜けると、予想したとおり外は夜の帳《とばり》が下り始めていた。けど、もう片方の予想は外れた。

「わっ、花城まだいたの？」

薄暗いなか、花城は地面に体育座りして膝《ひざ》に顔を埋《うず》めていた。

「……待ってるって言ったじゃん」

むくりと顔を上げるなり、花城は安堵《あんど》と非難の入り混じった声音《こわね》で僕を責めた。

たしかに「まだいたの？」は言い方が悪すぎた。外がどんどん暗くなるなか、何もない空間で僕を待ち続けるのは苦痛だったろうし心細かっただろう。僕は心底申し訳ない気分になり、素直に謝った。

花城はすくっと立ち上がる。

「それより、時間！」

「あ！　そ、そうだった」

忘れていた。どれだけ時間が過ぎたか確認しないと。

花城はお尻《しり》の土も払わずに自分の時計を見た。僕も顔を寄せて時計を覗《のぞ》き込む。

僕がトンネルに入ってからちょうど二時間が経過していた。

三秒で二時間。

これは、つまり。

「トンネル内での一秒は、外でおよそ四〇分……」

花城はうわ言のようにそう呟《つぶや》くなり、すばやく自分の鞄《かばん》からノートとペンを取り出した。そして白紙のページを開き、シャシャシャッと等式を書きなぐる。ウラシマトンネルの中と外の相対時間をまとめているようだ。驚くことに暗算だった。頭の回転が速いなと感心する。

ピタ、と花城の手が止まった。

1秒＝40分
1分＝40時間
1時間＝100日
1日＝6年半

ノートにはそう書かれていた。

花城《はなしろ》は見開いた目を輝かせ、僕のほうを振り向く。

「一日で六年半！　すごい。このトンネルの中で暮らせば未来に行けちゃうじゃん！」

二時間も待たされたことなどすっかり忘れた様子で、花城は興奮をあらわにした。

「た、たしかにすごいね。すごい、けど……」

世紀の大発見とでも言いたげに盛り上がる花城とは対照的に、僕は胸中にもくもくと暗雲が立ち込めていくのを感じた。

一日で六年半。三日過ごせば約二〇年もの歳月が外で流れることになる。未来に行ける、というのはたしかに間違いではないけれど、それは過去を置いていくことと同義だ。クラスメイトはとうの昔に学校を卒業して働いているだろうし、周りの人は軒並み年を重ねている。香崎《こうざき》高校どころか僕たちが住む家も、なくなっているかもしれない。

本当に欲しいものを手に入れてウラシマトンネルを出たとき、花城は外の変化についていけるのだろうか。いや、それも楽観的な想像でしかない。本当に欲しいものを手に入れることができるかどうか分からないし、ただ時が過ぎるだけで済む保証はどこにもない。まだ僕たちが知らないだけで、ウラシマトンネルの奥には危険な何かが待ち伏せているかもしれない。ひょっとすると、入ったきり戻れないかもしれない。

僕はほんの少しの可能性でもカレンとの再会を望めるなら、多少のリスク——それこそ命を危険にさらしても、ウラシマトンネルに挑む。でも、花城は……花城は、一体どうなんだろう。

僕はちらりと花城を窺《うかが》う。

彼女の上気した顔は、未《いま》だ続く興奮によるものだろう。そこに萎縮《いしゅく》の色は見られない。今すぐではないにせよ、ウラシマトンネルに入る気は充分にありそうだ。

——ねえ、花城。君はどれほどの覚悟を持って、ウラシマトンネルに入るつもりなんだ?

喉《のど》まで出かかった言葉を、ごくりと飲み込む。子供のようにはしゃぐ花城に水を差すのは、どうも気後れした。覚悟や動機といった真剣な話をするのは、また別の機会でいいかもしれない。

ただ、花城に冷静に考えさせる余裕を与えるため——そしてできる限り準備を万端にするためにも、本格的な探索までしばらく日を置いたほうがよさそうだ。

今は、検証が上手《うま》くいったことを素直に喜んでおこう。

ウラシマトンネル内外の相対時間が判明してから、二日が経《た》った。

学校の昼休み。

僕は加賀《かが》と向き合ってなんの実もない会話をだらだらと続けながら、味気ない食事を取っていた。

ふと花城《はなしろ》の姿が視界に入る。彼女は僕と二人でいるときのフランクさが嘘《うそ》のように冷たいオーラを纏《まと》ってサンドイッチを食べていた。すでにガーゼは取れて、頬《ほお》の腫《は》れも引いていた。

「また花城のこと見てるな」

「ん?」

加賀にそう言われて、僕はコーヒー牛乳に刺さったストローから口を離した。

「ヤキモチ?」

「殺すぞ」

「冗談」

「あいつのことが気になってんなら声でもかけてみろよ。遠くから見てるだけじゃ友達にはなれねえぞ」

「友達ねえ」

僕と花城の関係は誰《だれ》にも話していない。喋《しゃべ》れば変に注目されて面倒くさいことになりそうなので、話す気が起きなかった。学校で花城が僕に話しかけてこないのもたぶん同じ理由だ。

「別に友達になりたいわけじゃないよ。ただ、花城って何するか分かんないとこあるでしょ？　だから言動が気になってさ。それで見てるだけ」

「ふうん……まぁたしかに言動は気になるな。あいつ、この前一人で線路の上歩いてたらしいぜ。なんか見たヤツがいるって噂《うわさ》になってんだよ。何してたんだろうな」

「……何してたんだろうね」

花城見られてるし……。意外と抜けてるとこあるんだな。

「あ。噂で思い出したけど、川崎《かわさき》の彼氏、退学したらしいな」

「え、マジで？」

「ああ。実家の漁師を継ぐとかなんとか。大方、女子にボコられて学校来んのが嫌《いや》になったんだろうな」

「へえ、更生してほしいね」

そうだな、と言って加賀はおにぎりを頬張《ほおば》る。

僕はふと教室の真ん中にある空席に目をやった。

花城が先輩をボコしたあの日から学校に来なくなった彼女。

川崎さんも、学校を辞めてしまうのだろうか。

今日の授業がすべて終わった。鞄《かばん》に教科書を詰めていたら、校内放送のチャイムが鳴った。

『2年A組、塔野《とうの》カオルくんは職員室に来てください。繰り返します――』

ハマセンの声だ。呼び出しを食らった。

「お前何やらかしたんだよ」

加賀《かが》に茶化されて僕は「さあ」と首を傾げる。実際なんの心当たりもなかった。

とりあえず下校の準備をして教室を出たら、廊下で花城《はなしろ》と目が合った。彼女は無言で頷《うなず》くと、踵《きびす》を返して階段を下りていった。

……どういう意味だ、あれは。「待つ」なのか「今日は中止」なのか。口で言ってほしい。追いかけて意味を問うのも面倒だったので、そのまま職員室へ向かった。渡り廊下を進んで左に曲がる。突き当たりにあるドアを「失礼します」と言って静かに開けた。

ずらりと並ぶ机の間を進み、ハマセンの席に辿《たど》り着く。

「浜本《はまもと》先生」

呼ぶと、ハマセンは小テストの採点を中断して顔を上げた。身体《からだ》をこちらに向けて、人懐っこい笑《え》みを浮かべる。

「ああ、ごめんなさいね、塔野くん。呼び出しちゃって」

「いえ。なんかありましたか」

「うん、川崎《かわさき》ちゃんのことなんだけどね」

「川崎さん？」

「塔野くんも知ってるよね、川崎ちゃんが最近学校に来てないの。体調不良ってことになってるんだけど、ちょっと心配でね。あんまり休みが続くようなら、家庭訪問しようかなって思ってるの」

「はあ」

その話が僕にどういう関係があるんだろうか。

「それで、塔野くんにちょっと頼みたいことがあって。英語の夏休みの課題、川崎ちゃんに届けてくれない？」

「え。僕がですか」

「うん。羽田《はねだ》ちゃんとか佐戸《さど》ちゃんとかにも頼んだんだけど、みんな忙しいみたいで」

川崎さんの取り巻きだった人たちだ。たぶん、みんな単純に行きたくなくて適当な言い訳を並べて断っただけだと思う。それで僕にお鉢が回ってきたわけか。

「塔野くん、中学校一緒だったから川崎ちゃんの家知ってるよね？」

「まぁ、知ってますけど」

「じゃあ、お願いしていい？」

今日はこれから花城とウラシマトンネルの検証を行う予定がある。そうでなくとも、そんな面倒くさいお使いはごめんだった。

「すいません。今日は予定があって」

「予定って？」

「ちょっと友達と遊ぼうかなと」

「へー、どんなことして遊ぶの？」

どんなことって。そこまで答えなきゃなんないのか、と少々面食らっていたら、ハマセンは笑顔のまま僕に言った。

「『スタンド・バイ・ミー』ごっこ？」

「はい？」

「塔野《とうの》さんとこの倅《せがれ》が線路の上を歩いてた、って学校に連絡があったんだけど、心当たりは？」

うげえ。最悪だ。見られていた。これは花城《はなしろ》のこと言えないな……。

「いや、あれはですね、電車を逃しちゃいまして、ちょっと近道しようとしただけで……」

「ということは、本当に歩いてたのね」

ハマセンは呆《あき》れたようにため息を吐《つ》く。

「本当はこういう連絡があったら、保護者の方に伝える必要があるんだけど」

それはまずい。父さんに知られたら非常に面倒くさい。僕は慌てて謝罪する。

「す、すいません。それはちょっと本当に勘弁してくれると助かるのですが……」

「最後まで話を聞きなさい」

僕は口をつぐむ。そしてハマセンの話を聞いた。

なんでも、連絡した人が「塔野さんとこは何かと苦労が多いだろうから、本人に注意するに留《とど》めておけばいいよ」と恩赦を与えてくださったらしく、ハマセンはその人の意向を汲《く》むことにしたようだった。

他所《よそ》の家の家庭事情が筒抜けという、田舎特有のオープンな情報網には今まで何度もうんざりしてきたけど、まさかそれに救われるとは。ちょっと複雑な気持ちだ。

「もう線路の上を歩くのはやめときなさいよ。轢《ひ》かれたら死んじゃうし、電車を止めたらたくさんお金がかかるんだから」

「反省します……」

「ならよし。ま、そういうわけで、保護者の方に連絡は――」

ハマセンは不自然に言葉を飲み込む。言っている途中で何か思いついたのか、変な間を空けて続けた。

「――しないつもりだったけど、最近、塔野くん欠席とか遅刻が多いし、一言くらいは保護者の方に連絡を入れるべきかなぁ。先生に対する貢献度的に、ちょっと微妙なところなのよねぇ」

「貢献度、ですか」

「学校を休みがちなクラスメイトに課題を届けに行く……とかしてくれると上がるやつよ」

ようするに、親に連絡されたくなければ課題を届けに行けと。そういうことか。

「……分かりましたよ。行きます、川崎《かわさき》さん家《ち》」

「ほんと？　ありがとう～。じゃ、お願いね」

はい。とホチキスで留められた英語の冊子を手渡しされる。僕はそれをクリアファイルに挟んで鞄《かばん》にしまった。

これからは遠回りしてでも線路の上を歩くのは避けよう。そう心に決め、職員室を後にした。

さて、花城《はなしろ》に宿題の件を伝えないと。あと、線路のことも。僕が呼び出しを食らったのは知っているはずだけど、今はどこにいるんだろう。

ひとまず、2―Aの教室を覗《のぞ》いてみる。花城はいない。なら昇降口かな、と思って向かってみたけど、そこにも彼女の姿はなかった。

ひょっとしてもう家に帰ったのだろうか。それともウラシマトンネルに向かったのか……こんなことなら連絡先を交換しておくべきだったな、とちょっぴり後悔する。

ジッとしていても仕方ないので、とりあえず靴を履き替え、きょろきょろと辺りを見渡しながら校門を抜けた。そしたら、後ろから声をかけられた。

「塔野《とうの》くん」

「わっ」

花城だった。校門のすぐ側《そば》にいた。塀にもたれかかって腕を組んでいる。

塀から背を離すと、花城は「遅かったね」と少し不機嫌そうに言った。

「君を捜してたんだよ。連絡先、知らないから……」

「ああ、そういや教えてなかったっけ」

「知らないと何かと不便だろうから、交換しよう」

そうね、と花城はやけに嬉《うれ》しそうに頷《うなず》いて、ポケットから携帯を取り出した。それから互いの連絡先を登録する。

「私、友達とアドレス交換するの初めて」

「へえ、そうなんだ」

「塔野くんは？」

「僕？　僕は二人目」

ちなみに一人目は加賀《かが》だ。

「……ああそう」

花城は急に真顔となった。表情が忙しいな。

交換を終えると、花城は携帯をポケットにしまった。

「それで、先生に呼び出されてたけど、もう用は済んだの？」

「ああ。線路を歩いてるとこ見られちゃってて。それでちょっと注意されてただけ」

「ふうん、そうだったの」

「花城《はなしろ》も誰《だれ》かに目撃されてたみたいだから、これから線路を歩くのはやめとこう。ま、お咎《とが》めはほとんどなしだったから、そんなに気にしなくていいと思うけどさ」

「ほとんど？」

「そう。それなんだけど」

ぽりぽりと頬《ほお》を掻《か》きながら僕は言う。

「実は雑用頼まれちゃってさ。ちょっと川崎《かわさき》さん家《ち》に宿題を届けなくちゃいけないんだ」

「川崎……」

花城の顔がさっと曇る。名前も聞きたくない、みたいな反応だ。まぁ川崎さんが花城にしたことを考えれば無理もないか。

「申し訳ないけど、今日の検証はやめにしよう」

「……分かった」

「じゃあ、僕行くから」

また今度ね、と言って学校前のバス停に向かおうとしたら、後ろから鞄《かばん》の紐《ひも》を掴《つか》まれた。足を止めて振り返ると、花城が真っ直《ま》ぐ《す》僕を見つめていた。

「な、何？」

「私も行く」

「え？」

どういう風の吹き回しだ。てっきり花城は川崎さんのことを嫌っているとばかり思っていたけど……もしや嫌《いや》がらせされたことを根に持っていて、追い打ちをかけるつもりなんだろうか。

「えっと、大丈夫？　川崎さん家だよ？」

「うん。分かってるけど」

「険悪な雰囲気にならない？」

「なるかもしれない」

じゃあなんで来るんだよ、と突っ込むべきかどうか迷っていたら、花城は不機嫌そうな顔をして、ふんと鼻を鳴らした。

「検証が中止になって予定がなくなったから、暇つぶしについていくだけ。いいでしょ、別に」

「まぁ、別にいいけど……。宿題を渡すだけだから、手ぇ出しちゃダメだよ」

「出さないよ。失礼ね」

「足も」

「出さないから」

それから僕たちは一緒に学校を出てバスに乗った。川崎さんの家はここから六つ目のバス停の近くにある。

下校のタイミングが少し遅れたせいで、車内に香崎《こうざき》高校の生徒はほとんど見られなかった。

いるとしても一年生か三年生で、同じ学年の生徒はいない。

僕は一番後ろの席に座って、流れる景色をぼんやりと眺めていた。

バスが山陰に差し掛かると、窓に花城《はなしろ》の横顔が映った。僕の隣に座る花城は、乗車してからずっと読書に勤《いそ》しんでいる。どんな本を読んでいるのか気になってさりげなく表紙を覗《のぞ》くと、猫の後ろ姿が見えた。動物モノだろうか。そういえば、川崎《かわさき》さんに鼻パンチを食らわせたときも、この本を読んでいたような気がする。

「花城は川崎さんのこと嫌いなの？」

窓から目を離して、何気なく訊《き》いてみた。

「嫌い」

本に目を落としたまま、花城は即答した。

「嫌いなのに行くのか」

「塔野《とうの》くんが行くから」

そんなことを花城は平然と言うものだから、僕は顔が熱くなってしまう。

花城は僕と手を組んだだけだ。決して勘違いはしちゃいけない。

ごほん、と咳払《せきばら》いして平常心を保つ。

「そういう台詞《せりふ》は安易に吐くべきではないと思う」

「そうかな」

「そうだよ。言われたのが僕じゃなきゃ大火傷《やけど》してるとこだよ」

「塔野くん以外には言わないけどね」

「……花城、僕のこと過大評価してない？　僕なんてなんの面白みもない普通の高校生だよ」

ここで花城はやっと本から目を離して僕を見た。

「それは違うよ。塔野くんは普通じゃない。十分変」

「それ褒めてる？」

「もちろん」

さいですか、と適当な相槌《あいづち》を打って僕は窓枠に肘《ひじ》を乗せた。

川崎さん家《ち》の最寄りのバス停がアナウンスされる。僕は停車ボタンを押した。

まもなくバスが停《と》まり、僕たちは三百円を払って下車した。途端に、湿った土の匂《にお》いが鼻をついた。顔を上げると、西の空に巨大な入道雲が見えた。

「雨降りそうだな」

「そう？　晴れてるけど」

「いや、たぶん降るよ。早く行こう」

早足で川崎さん家に向かう。

しばらく道なりに進めば、一階がお好み焼き屋のこぢんまりとしたアパートが見える。川崎さん家《ち》はここの二階にある。僕たちは階段を上がり、「川崎《かわさき》」の表札の前で足を止めた。

僕がドアホンを押すと『ヴィコーン』とやたら大きい音がして、すぐにドアの向こう側からたったたったたっ、と人が駆けてくる気配がした。

「はい」

出たのは川崎さんだった。Tシャツにスウェットパンツというラフな格好で、メガネをかけている。

川崎さんとは同じ中学校だったけど、彼女のメガネ姿を見たのは初めてだ。学校ではコンタクトなのだろうか。

川崎さんは僕と花城《はなしろ》を見るなりぎょっとした表情を浮かべて、すぐにめちゃくちゃ嫌《いや》そうな顔をした。

「……何？」

「夏休みの課題、届けに来たんだ」

「あんたたちが？」

「うん」

「……あっそ」

川崎さんの目に悲しみの影がさした。取り巻きだった人たちが来なかったことを憂えているのだろうか。

夏休みの課題を差し出すと、川崎さんは黙ってそれを受け取った。

そのまま別れの挨拶《あいさつ》をして帰ろうとしたら、背後から急に、ザアア、と大量の砂が流れるような音がした。振り返ると、雨が降ってきていた。夕立だ。

どうしたものかとその場で立ち尽くしていたら、家の中から女性の声がした。

「小春《こはる》ー、めっちゃ雨降ってきたし入れてあげればー？」

川崎さんはすぐさま後ろを向いて「はあ⁉」と怒鳴った。

「絶対嫌！　そういう仲じゃないし」

突き放すように言い放つ。すると廊下の奥からドタドタと足音を立てて、一人の女性が玄関にやって来た。長い髪を後ろでくくり、エプロンをしている。川崎さんのお母さんだ。

「こらっ。せっかく家まで来てくれたのになんてこと言うの」

「いや、だって」

川崎さんのお母さんは僕たちを見やって笑《え》みを浮かべた。

「ごめんね〜二人とも。この子、ちょっと素直になれないところあるからさ。全然気ぃ遣わなくていいよ？」

おばさんに「さ、入って入って」と手招きされる。僕と花城は他にどうしようもなく、家に上がらせてもらった。川崎さんは嫌々の対応だったけど、追い返すようなことはせず、自室まで案内してくれた。

座れ、とでも言うように川崎《かわさき》さんが顎《あご》を動かす。僕と花城《はなしろ》はカーペットの上に腰を降ろした。カレン以外の女の子の部屋に入るのは初めてだった。男の部屋と違ってなんだか甘い香りがする。どうにも落ち着かず、僕はつい辺りをきょろきょろしてしまう。

川崎さんの部屋は思っていたより地味だった。勉強机があって、クリーム色のタンスがあって、壁には押入れがある。本棚に並ぶ数々の女性ファッション誌がなければ、女の子の部屋と言われても分からないくらいだ。

「ちょっと。あんまジロジロ見ないでよ」

川崎さんにぴしゃりと言われて僕は慌てて目を伏せる。

「ご、ごめん」

「雨やんだらさっさと帰ってよ」

僕はこくこくと頷《うなず》く。

それきり会話がなくなった。花城は置物のようにじっとしていて、川崎さんは居心地が悪そうに椅子《いす》に座って携帯をいじっている。雨粒が窓を叩《たた》く音だけが部屋を支配していた。

空気が重い。僕は黙っているのが落ち着かなくて、川崎さんに話しかけた。

「川崎さん、家ではメガネなんだね」

「だから何？　ダサいって言いたいわけ？」

「いや、そんなつもりじゃ」

「なら黙ってて」

「はい」

会話終了。僕は自分の度胸のなさを呪《のろ》った。

もう雨がやむまで黙っていよう。そう思って俯《うつむ》いていたら、今度は川崎さんから切り出した。

「ていうか、塔野《とうの》は百歩譲って分かるけど、なんであんたがここにいるわけ？」

「私は塔野くんについてきただけ」

花城は淡々と答える。

「何あんたら、付き合ってんの？」

「私と塔野くんは同志だから。あなたたちみたいな不純な関係と一緒にしないで」

「何それ意味分かんない。ほんとキモいんだけど……ていうか、あなたたちって誰《だれ》のことよ」

「あの暴力男と付き合ってるんでしょ？」

川崎さんはむっと顔をしかめて、小声で言った。

「……付き合ってない」

「え、そうなの？」

僕はちょっと驚く。

以前、加賀《かが》が「川崎があの先輩と付き合ってんのかどうかも怪しいって話だぜ」とか言っていたけど、本当に付き合っていなかったのか。

「あいつが勝手に彼氏面《づら》してただけ。それを誰《だれ》かが付き合ってるって勘違いしたんでしょ」

「へえ……。ん？　でもそのわりには今まであんまり否定的じゃなかったような」

「それは……別に、はっきり言う必要もなかったし」

奥歯に物が挟まったような言い方だ。何か様子が変だなと思っていたら、花城《はなしろ》が「なるほど」と声を上げた。

「あの男のことは好きじゃない。でも付き合いを完全に否定することはない。それって、名前だけ借りたいからじゃないの？　チンピラが相手を威嚇《いかく》するときに、大きな暴力団の名前を出すのと同じようなさ」

分かりやすいけど、その例えはどうかと思う。

「ちがっ、そんなんじゃないし！」

川崎《かわさき》さんは顔を真っ赤にして否定する。だけど花城は止まらない。

「だってそうじゃん。関わりたくないなら、シメてほしいヤツがいるってチクる、とか言わないでしょ。まぁそのチクっちゃう相手があの暴力男じゃない可能性もあるけど。どっちみち、自分の手を汚さず誰かにやってもらおうっていう性格の悪さは変わんないよね」

川崎さんは下唇《したくちびる》を噛《か》んでプルプルと震える。あ、やばい。泣きそう。

「正直さ、どんだけ自分のプライド守るのに必死なのって思う」

その台詞《せりふ》がトドメになったようで、川崎さんの目から涙がポロポロと流れだした。

「そっ、そんなに言わなくてもっ……」

ドロドロの鼻声。さらに嗚咽《おえつ》も漏らし始め、僕はかなり焦った。

「ちょっ、花城。言いすぎだよ、謝んないと」

「ええ……」

「ええじゃなくて」

花城は煮え切らない表情で川崎さんのほうを向いて言った。

「ごめん。泣かせるつもりはなかった。泣くかもしれないなとは思ってたけど」

「花城、もうちょっと誠意込めて……」

泣き続ける川崎さん。謝る気のない花城。その二人に挟まれてあたふたしていたら、急に押入れが開いて、中から二人の小学校低学年くらいの男の子が飛び出してきた。

「姉ちゃんをいじめるな！」

たぶん川崎さんの弟であろう男の子二人は、花城に飛びかかってポカポカ殴り始めた。花城は珍しく狼狽《ろうばい》して「ちょ、やめて」とか言いながらパンチを防いでいる。川崎さんはまだ泣いている。そこに川崎さんのお母さんがおぼんにお茶を載せて部屋に入ってきた。

「あ！　いないと思ったらこんなとこに！」

そう言って弟二人をとっ捕まえ、頭にゲンコツを落とした。川崎三姉弟号泣。僕は帰りたくなった。

「お騒がせしてごめんね」

川崎《かわさき》さんとその弟たちを部屋に残したまま、僕と花城《はなしろ》は廊下に呼び出されていた。目の前には、川崎さんのお母さんが困ったように笑いながら腰に手を当てている。

「たぶん、あの子からちょっかい掛けたと思うんだけどさ、なんていうか、ほどほどにしてやってくんないかな。あれでも根はいい子なんだ」

僕は力なく返事をする。花城も今回ばかりは借りてきた猫みたいに小さくなっていた。

「今日もね、あの子、ピンポン鳴ったら友達が来たと思って走って出に行ったんだよ。たぶん、寂しがってると思うんだ。だからさ、まぁ、無理強《むりじ》いはしないけど、仲良くしてやってよ」

はい、と答えてから僕はちらりと隣を見る。花城は、返事はしなかったけどちゃんと頷《うなず》いた。

「じゃあ、まだ雨降ってるからもうちょっとゆっくりしていきなね」

川崎さんのお母さんは奥の部屋に姿を消した。

ゆっくりして、と言われた手前、このまま帰るのも憚《はばか》られる。なので僕たちは川崎さんの部屋に戻った。ドアを開けると、川崎さんは弟たちとベッドの上でカードゲームに興じていた。

川崎さんが僕たちに気づくと、広げていたカードを集めて弟たちに渡した。

「部屋、戻っといて」

弟たちは素直に従った。

「いじめられたら言えよな姉ちゃん！」

「次は一撃で仕留めるから！」

二人はこちらに向かってべー、と舌を出して部屋から出ていった。仲のいい姉弟だ。

僕たちがその場に突っ立っていると、川崎さんから「座れば？」と言われたので、そうした。

「マ……母さん、あんたらになんて言ってた？」

川崎さんは普段ママと呼んでいるのか……と僕は思いつつ答える。

「いや、別に大したことじゃないよ。ゆっくりしていって、とか」

「仲良くしてやって、とか言われたでしょ」

僕は作り笑いを浮かべる。

川崎さんは側《そば》にあるビーズクッションを抱《だ》いて、そこに顔を埋めた。

「ほんっと余計なお世話……うざ……もうやだ、死にたい」

まさか本気ではないだろうけど、ただならぬ単語が聞こえてきて僕は困ってしまう。いかんせん女性経験に乏しいので、こういうときどんな言葉をかければいいのか分からない。

「メンタル弱すぎ」

花城が一言で切り捨てた。どんな言葉をかければいいのか分からないけど、少なくとも今の台詞《せりふ》が不適切であることくらいは僕にも分かる。

「一応、事の発端は君なんだからさ……そこは形だけでも慰めとこうよ」

「形だけの慰めに意味なんてないよ。それに、私は後悔してないから」

「いや、それでもさぁ」

「塔野《とうの》くんは甘い」

「花城《はなしろ》が厳しすぎるんだよ」

口論というほどでもない言い争いをしていたら、川崎《かわさき》さんがむくりと顔を上げた。

「……ねえ、どうしたらあんなふうに振る舞えるの？」

助けを求めるような弱々しい声で花城に問う。事実、川崎さんは助けを求めているのかもしれなかった。

僕はできるだけ真剣な顔をして花城を見た。真面目《まじめ》に答えてやってくれ、との意味を視線に込めたつもりだった。花城は僕の意図を察してくれたのか、軽く肩を竦《すく》めてから語り始めた。

「別に、特別なことはしてない。…………けど」

「けど？」

「あえて言うなら、殴るのを厭《いと》わないことかな」

女子高生の口から出る台詞《せりふ》ではないな、と僕は思った。

「自分の中に、これこれこうされたら殴る、っていう明確な基準を作っておくの。そうすると感情に言動を支配されることなく、自分を外側から見ることができる。心にも余裕ができる」

「外側……？」

川崎さんが首を傾げる。

「どう言えばいいのかな。たとえばゲームのキャラってＨＰとか魔力とかあるでしょ。それとおんなじで、自分の感情が数値化して分かるようになるの。あ、今私これくらい怒ってるんだなー、みたいな。で、その基準を超えたら迷わず殴る。基本は先制攻撃ね。鼻っ柱に一発叩《たた》き込めば大抵の人は頭真っ白になって黙るから。相手が自分より強そうだったら不意打ちするか武器でも使うなりして倒す」

意外と丁寧に説明しているけど、内容が不穏すぎる。というか花城、喧嘩《けんか》慣れしすぎでは？

「……そんなの無理。できっこない」

川崎さんが不貞腐《ふてくさ》れたように言った。僕にだって無理だ。

「別に無理してやる必要はないよ。でも殴るにせよなんにせよ、一度は勇気を振り絞んなきゃたぶんずっとそのままだよ」

ぶるっ、と川崎さんは身震いした。顔が青ざめている。

「じゃあ、どうすればいいの？」

「さあ？　どうすればいいんだろうね」

また川崎さんが泣きそうな顔をする。

僕は肘《ひじ》で花城の腕をそっと小突いた。花城はめんどくさそうに頭を掻《か》く。

「何も暴力で解決しろって言ってるわけじゃなくてさ。自分で作ったルールを、どれだけ遵守できるかって話。ルールは、信念とかポリシーとかに置き換えてもいい。そういうのを守り続けることができたら、自信がつくし何よりカッコいいと私は思う。川崎《かわさき》は自分に自信がなかったから、あの暴力男を彼氏だって言い張ってたんだよね」

「それは……そうだけど」

「だったらさ、川崎も自分のルールを作ってみたらいいいんだよ。別になんでもいいから。自分で決めたことを、最後まで貫く。そうすれば、最初は生きづらさを感じるかもしれないけど、理想の自分に近づけるんじゃないかな」

「理想の、自分……」

「そう。結局さ、何が正しいのかなんて誰《だれ》にも分かんないんだから、自分が選んだ道を全力で駆け抜けるしかないんだよ」

花城《はなしろ》はやり遂げたようにため息を吐《つ》いて、窓のほうに目をやった。

「雨、やんだね」


雨が上がるまでの約束だったので僕と花城はおいとまする。川崎さんに別れを告げて玄関のドアを開けると、強烈な西日が差し込んできた。僕は思わず目を細める。

外廊下に出て階段を下りようとしたら、後ろから「ちょっと待って」と引き止められた。振り返ると、つっかけを履いた川崎さんがこちらに駆けてきていた。

川崎さんは花城の前まで来ると、急にもじもじして臍《へそ》の辺りで手を遊ばせた。花城は怪訝《けげん》な表情を浮かべる。

「……何？」

「あ、えと……なんていうか、あんたの話さ。正直、すっごい刺さったんだよね。なんかもう、読心術使えんの？　ってくらい図星指されて、自分がみっともなくなっちゃって……。だから、その……これだけは言いたくて。今まで悪かったよ、ごめん」

言って、川崎さんはぺこりと頭を下げた。

僕は唖然《あぜん》とする。あの、先生にすらろくに謝罪したことのない川崎さんが、人に頭を下げるなんて。花城の話を聞いて、彼女の中で何か変化が起きたのだろうか。

「……別に、気にしてないし」

花城もまさか謝られるとは思っていなかったのか、若干戸惑っていた。

「だったらいいんだけど……。あ、それと、塔野《とうの》」

「うん？」

「これ、返す」

川崎さんはポケットから千円札を三枚取り出し、僕に押しつけるように渡してきた。

「え、何このお金。貸した記憶ないけど……」

「今までパシってきた分。正確な金額は覚えてないから、足りなかったらごめん」

「別にいいのに」

「私がよくないの。けじめみたいなものだから、受け取っといて」

けじめ、ときたか。そこまで言うなら、ここは受け取っておくのが筋か。

「分かったよ。じゃあ、遠慮なく」

僕はお札を受け取って、ポケットにしまう。

今度こそ別れを告げて、僕たちは川崎《かわさき》さんのアパートを後にした。

濃厚な雨の香りが漂う通りを二人で黙々と歩く。道路にはいくつも水たまりができていた。大きくて透明度の高いものは水面《みなも》に夕陽《ゆうひ》を映して、まばゆい光を放っている。

やがてバス停に到着する。時刻表を見ると、次のバスは二〇分後だった。ベンチは先程の夕立で濡《ぬ》れていたので、僕たちは並んで立って待っていた。

辺りは静かだった。遠くでひぐらしが鳴いている。

「川崎さん、立ち直れたっぽくてよかったね」

何気なく発した一言だった。僕は適当な相槌《あいづち》を期待したけど、花城《はなしろ》からの返事はなかった。

不思議に思って隣を向く。花城は毅然《きぜん》と前を向いていた。その横顔は光を反射してほのかに輝いているように見えた。

花城は、一文字に閉じていた口をゆっくりと開いた。

「塔野《とうの》くんは、川崎のことが好きなの？」

僕はポカンとしてしまい、一瞬返事が遅れる。

「僕が？　いや、ないない。畏怖《いふ》の対象でしかないよ。クジラとクラゲみたいなもん」

花城は「ふうん」と気の抜けた相槌を打った。

「なんでまた急に？」

「だって、ずいぶん気を遣ってたから」

「ええ？」

そんなことはない、と続けようとして僕は言葉を飲む。

たしか加賀《かが》にもそんなことを言われた。この短期間で二度も言われるということは、やはり他の人から見れば川崎さんを好いているように見えるのだろうか。だけど僕にはまったくその気がない。たしかに顔は可愛《かわい》いけど、性格はキツイし、怖いし、ワガママだし……ワガママ？

「ひょっとしてあれかなぁ」

「あれ？」

「川崎さん、少しだけ妹に似てるとこあるから」

「顔が？」

「いや、性格。カレンはさ、結構ワガママなところがあったんだよ。でもそのワガママは自分のためのワガママだけじゃなくて、人に気を遣わせないようあえてそう振る舞ってるみたいな……こう、打算的なワガママだったんだな」

カレンは賢い子だった。

子はかすがい、という諺《ことわざ》がある。カレンは幼くしてそれを自覚しているような節があった。母さんと父さんの間にわずかでも亀裂《きれつ》が生じると、カレンはそれをいち早く察知して「遊園地に連れてって」とか「今度は水族館に行きたい」とお願いして関係の修復に努めるのだ。それは僕の思い込みなどではなく、カレンはたしかにワガママでいることを自身に課していた。

「……よく分かんない」

「だよね。ちょっと説明が下手だった。まぁとにかく、川崎《かわさき》さんに特別な感情は抱《いだ》いてないよ」

話がこじれそうだったので一方的に結論を述べる。そして今度はこちらから訊《たず》ねた。

「というか花城《はなしろ》も結構川崎さんに気を遣ってたんじゃないの？　わりと真剣に話してたし」

「あれは……川崎のお母さんに頼まれたからそうしただけ。普段はあんな喋《しゃべ》らないよ」

「あれを仲良くって言うのはかなり無理があると思うけど……」

「馴《な》れ合うだけが仲良くなる手段ではないよ」

正論で僕は何も言えなくなってしまう。今回の結果を見ればなおさらだ。

会話が途切れて、僕たちは無言でバスを待った。

二人きりの沈黙は、それほど気まずいものではなかった。

気づけば水族館の中にいた。

照明は薄暗く、人はまばら。トンネル状の通路は壁面と天井が水槽になっている。分厚いガラスの向こう側では巨大なジンベエザメが遊泳し、大量のイワシは、まるで一匹の巨大な魚のように群れをなしていた。

今、僕がここにいるのはおかしい。いるだけでもおかしいのに、隣には死んだはずのカレンがいる。

ああそうか、と僕はすぐさま理解する。この不思議な現象は「夢」の一言ですべて説明がつく。ここはカレンが死ぬちょっと前に家族四人で訪れた、思い出の場所だ。

「きれい」

壁一面の水槽に両手をつけてカレンが呟《つぶや》く。言葉とは裏腹にその顔は退屈そうだった。立ちっぱなしで足が疲れたのか、何度も足首を捻《ひね》ったり体重を左右に寄せたりしている。

僕はカレンといる時間を少しでも長引かせたくて、過去をなぞるようにあのときと同じ言葉を紡いだ。

「そろそろ帰りたい？」

カレンは首を横に振った。ポニーテールがぷらぷらと揺れる。

「んー、ダメ。今のお母さんとお父さん、仲良しな時間だから。もうちょっといる」

母さんと父さんは、少し離れたところで僕たちを見守るようにして立ってお喋りをしている。時おり二人の笑い声が聞こえてきて、会話の内容は分からないけど、なんとなくいい雰囲気であることは察せられた。

「じゃあ、せめておぶってあげようか？」

「肩車！」

「え、ここで？」

「はーやーく」

服を掴《つか》んで揺すられる。やむを得ず僕はその場に屈んで、カレンを肩に乗せた。足をしっかりホールドして立ち上がると、頭上でカレンが「あははっ」と無邪気な笑い声を上げた。

カレンは僕の頭に両手を置くと、髪を集めて上に引っ張り、根元をヘアゴムで留めた。短いちょんまげが出来上がる。これが僕の操縦桿《そうじゅうかん》になる。カレンが髪を引っ張る方向に、僕は進まなければならない。「お馬さんごっこ」の上位互換のようなお遊びだ。

「お兄ちゃん、発進」と言われて僕は動く。たまに「ウィーン」とか口で言ってやるとカレンは喜ぶ。疲れたときは「燃料切れです」と言えば休ませてくれる。「ビーム発射！」と言われたときは、まぁ適当に目の前のものを蹴《け》っ飛ばせばいい。

「お兄ちゃん楽しい？」

僕は「楽しいよ」と答えた。カレンの行きたい場所が僕の行きたい場所で、カレンの笑顔が僕の楽しみだった。

「そっか」

カレンは操縦桿を離して僕の頭をそっと撫《な》でた。

「来てよかった」


目覚まし時計のアラーム音で目が覚めた。

視界に飛び込む見慣れた天井。カーテンの隙間《すきま》から差し込む朝日が、宙に舞うホコリをチラチラと反射させている。

僕は身体《からだ》を起こしてアラームを止めた。

ずいぶん懐かしい夢を見ていた。

たしか、あの日はあれからイルカショーを見に行ったのだ。僕とカレンは最前列に座って元気に泳ぐイルカを見ていた。飛んでくる水しぶきで二人揃《そろ》ってびしょ濡《ぬ》れになっても、僕たちはずっと笑い合っていた。イルカが何をしても、僕たちはおかしくて堪《たま》らなかった。

水族館に行った日に限らず、カレンが生きていたあの頃《ころ》は毎日が輝いていた。カレンが死にさえしなければ、幸福な日常は今も続いていたのだ。

ベッドから立ち上がり、部屋を出て廊下を進む。台所に父さんがいないことを確認し、勝手口から庭に出た。母さんが蒸発してからろくに手入れのされていない庭は、荒れ放題になっている。

風呂《ふろ》の窓がある辺りの場所でしゃがみ込み、床下の隙間に手を伸ばす。奥にあるものを引っ張り出した。

元はせんべいなんかが入っていた銀の四角い缶だ。カレンが生きていた頃《ころ》は、僕たちはこれを秘密の宝箱と称して中に四つ葉のクローバーやラムネのビー玉なんかを入れていた。今はそれらに加えて、カレンが大事にしていたぬいぐるみや、カレンが使っていた櫛《くし》、他にはカレンの写真など――つまりは、カレンの遺品をしまってある。

蓋《ふた》を開いて真っ先に目に飛び込むのは、カレンの赤いサンダルだ。以前ウラシマトンネルで拾ったものと合わせて両足分ある。

このサンダルを眺めていると、心が落ち着く。カレンがまだこの世界に存在するのだと、そう思うことができるのだ。

もう少しだけ、待っていてくれ。

祈りを込めるように、蓋を閉めて宝箱を元の場所に戻す。昔からここが定位置だ。カレンと二人で決めた秘密の場所。できるなら部屋で保管しておきたいけど、父さんに見つかったらおそらく捨てられてしまうので、ずっとここに置くようにしていた。

たしか、母さんが蒸発してすぐの頃だったように思う。精神的に不安定になった父さんが、カレンの部屋にあるものをすべて捨ててしまったのは。遺品が少ないのはそのせいだ。

父さんに対して憤る気持ちはあるけど、怒りをぶつけたところでもうどうにもならない。どうせ、関係がこじれるだけだ。

よいしょ、と立ち上がって、携帯で今の時刻を確認した。

ちょうど、七時。

学校へ行く準備をしに、部屋に戻った。


七月も中旬に差し掛かり、陽射《ひざ》しはますます強さを増す。

学生鞄《かばん》を日傘代わりにして校舎に駆け込む女子を傍目《はため》に、僕は校門を通過する。そのまま昇降口から校舎に入る。

廊下を進み、2―A教室の扉を開ける。自分の席に着こうとして、見慣れない生徒が教室にいることに気がついた。おかっぱのような髪型でメガネをかけた、地味な女の子だ。

どこかで見たことあるような、と思って凝視していたら、「あっ」と声を上げそうになった。

その女の子は川崎《かわさき》さんだった。

髪を黒く染めて、スカートの丈は膝《ひざ》までになっている。以前のギャルギャルした雰囲気とは正反対になっていた。

「小春《こはる》、それどうしたの？　イメチェン？」

川崎さんの取り巻きだった女子がからかうような口調で声をかけた。これに川崎さんは、肯定とも否定とも取れない曖昧《あいまい》な返事で受け流していた。作り笑いを浮かべて自信なさげに喋《しゃべ》る姿は、以前の高慢な態度からは想像できないほどの変わりようだった。

「罰ゲームか？　あれは」

そう呟《つぶや》いたのは加賀《かが》だ。今日も気づけば僕の席の側《そば》まで来ていた。

「更生したんじゃないかな」

「あのワガママ女王が更生か……。人間、分かんねえもんだな」

「色々あったんだよ、川崎《かわさき》さんなりに」

「色々ねえ。それはそうとお前、昨日花城《はなしろ》と一緒にどこ行ってたんだ？」

急な問いかけに、僕は慌てた。

「な、なんで加賀が知ってんの？」

「へえ、マジなのか……。いやさ、花城が男子と並んで座ってるのをバスで見たって、書道部の先輩から聞いたんだよ。お前はともかく花城はわりと有名人だからな。で、男子の特徴聞いたらお前っぽかったから、ちょっとカマかけてみたんだわ」

なるほど、僕はまんまと罠《わな》に引っかかってしまったわけか。

「それで、お前らどういう関係なの？」

興味ありげに訊《き》いてくる加賀に、僕は苦笑しながら答える。

「加賀が期待しているような仲ではないよ。恋人でも、たぶん、友達でもない」

「じゃあ、どこに行ってたんだよ？　お前は電車だろ」

「川崎さん家《ち》に、夏休みの宿題を届けに行ってたんだよ」

「花城と二人でか？　一体どういう流れでそんなことになったんだよ」

「それこそ色々だよ。説明しきれないほど色々。成り行きを語るには僕の人生は短すぎる……」

アホか、と加賀に呆《あき》れられる。説明するのが面倒なだけ、というのはたぶん気づかれている。

「……でもまぁ、やっぱりなって感じだよ。お前ら似てるもん」

「ええ、どこが。全然似てないでしょ」

「いや、似てるよ。お前ってさ、人に全然心開かねえだろ。花城も見るからにそうだし。他人に関心がない者同士、波長が合いそうな感じがする」

「……まるで心理カウンセラーみたいなことを言うね」

「人間観察が俺の趣味だからな」

「初めて聞いたよ、それ」

一時間目のチャイムが鳴る。加賀は「じゃあな」と言って自分の席に戻った。


昼休みになった。

いつも取り巻きの人たちに囲まれて食事を取っていた川崎さんだけど、今日は授業が終わるなり弁当を持って席を立った。そのままどこへ行くのかと思いきや、花城の席の前で足を止めて、手に持った弁当を控えめに掲げた。

「……あのさ、一緒に食べていい？」

わずかに教室がざわめいた。

サンドイッチの袋を開けようとしていた花城《はなしろ》は、ちょっと困惑気味に「勝手にすれば」と答えた。すると川崎《かわさき》さんは、自分の席から椅子《いす》を引っ張ってきて、花城の机の上で弁当を広げた。

異様な光景だった。ちょっと前まで火花を散らし合っていた二人が、無言とはいえ向かい合って食事を取っている。

川崎さんと花城が黙々と食事を進めていると、川崎さんの取り巻きだった女子の一人、羽田《はねだ》がニヤニヤしながら二人の机に近づいた。

「小春《こはる》ー、なんで花城さんとごはん食べてんの?」

それは自分たちと一緒に食べないことを非難しているというよりは、侮蔑《ぶべつ》と嘲笑《ちょうしょう》を含んだ興味本位の質問のように聞こえた。

川崎さんは気まずそうに俯《うつむ》いて、それから小さな声で答えた。

「……たから」

「え? 何? もうちょっと大きい声で言ってくんない?」

「花城みたいになるって、決めたから」

教室は潮が引くように静かになった。

羽田はポカンとしていた。花城も同様だった。

この返答は僕も予想外だった。てっきり僕は、川崎さんが元のグループの人たちと一緒に食事をするのが嫌《いや》で、仕方なく花城と食べているのだと思っていた。実際そうかもしれなくて、返答に困った川崎さんがその場しのぎで言い繕ったという可能性もあるのだけど。

羽田はようやく理解が追いついたのか、急に甲高《かんだか》い声で笑い始めた。

「はははは！　何それ！　マジで言ってんの⁉」

教室の至る所から笑い声が上がり、こそこそ話も始まる。

「プライドもクソもねえな」「あんだけ威張り散らしてたくせに」「殴られて頭のネジ飛んじゃったんじゃね？」

礫《つぶて》を打つような陰口にも、川崎さんはぷるぷる震えながら耐えていた。その顔は耳まで赤い。

「めっちゃウケる。それで、花城さんみたいになるって、具体的にどうすんの？」

「別に……どうだっていいでしょ」

「えー教えてよー。友達じゃない」

言いながら羽田は、川崎さんの肩を掴《つか》んでぐらぐら揺らす。友達同士のじゃれ合いにしてはやけに荒っぽい。それでも川崎さんは抵抗することなくじっとしている。

「ねえ、なんか言いなってば」

突き飛ばすように強く押す。その拍子に羽田の手が机に広げたランチョンマットに引っかかり、川崎さんの弁当が勢いよく横にスライドした。あっ、と川崎さんが声を上げたときにはもう遅く、弁当は床にぶち撒《ま》けられた。

さすがに羽田《はねだ》もそこまでやるつもりはなかったのだろう。バツの悪そうな表情を浮かべている。だけど謝罪の言葉は口にせず、それどころか、ふん、と鼻を鳴らしてみせた。

「言っとくけど、わざとじゃないから。さっさと答えない小春《こはる》が悪い」

そうでしょ？　と羽田はさっきまでいたグループのほうを向いて同意を求めた。うんうん、そうだよね、とすぐさま相槌《あいづち》が返ってくる。川崎《かわさき》さんの味方をする者は誰《だれ》もいない。

川崎さんは何か言おうとして、だけどやっぱり口を噤《つぐ》んで、床の弁当を片付け始めた。涙目になって小さく背中を丸めたその姿は、見ていて胸が痛くなるほど弱々しかった。

せめて手伝いくらいはしてあげようと僕は食事を中断する。そしたら、ガタ、と椅子《いす》を引く音がした。

「川崎」

花城《はなしろ》が席を立った。無表情で椅子の横に移動する。

まさか花城が介入してくるとは思っていなかったのか、羽田は分かりやすくうろたえた。

「さっき、私みたいになるって言ってたよね？」

花城が問うと、川崎さんは呆気《あっけ》にとられたようにこくこくと頷《うなず》いた。

「なら見てて。基準を超えたらどうするか、教えてあげる」

ゆっくりと羽田に身体《からだ》を向ける。そして、握りしめた拳《こぶし》を目の高さまで上げて、ボクサーのポーズを取った。殴る気満々だ。羽田の顔から血の気が引いていくのが分かった。

「ちょっ、待って待って！　別に花城さんに喧嘩《けんか》売ってるわけじゃないから！　すぐムキになんないでよ！」

両手を慌ただしく振って敵意がないことを示す。羽田はそそくさと自分の席に逃げ帰った。

「ふん。意気地なし」

そう吐き捨てると、花城はポケットからティッシュを取り出して床の弁当を片付け始めた。無言の気遣いに川崎さんは戸惑いつつも「ありがと」と照れくさそうにお礼を言った。

僕は思わずため息を漏らす。一時はどうなることかと思った。後味の悪い結果にならなくて何よりだ。

しかし川崎さんも成長したものだ。きっと本気で花城みたいになりたいのだろう。だからあれだけ侮辱されても何も言い返さなかったし、花城にちゃんとお礼を言った。

自分を変えようとしている人間のことは素直に尊敬できる。僕は心の中でささやかな賛辞を川崎さんに贈った。


昼休みに一悶着《ひともんちゃく》あったその日の夜。僕は生い茂る枝葉をかき分けながら、懐中電灯を頼りに道なき道を進んでいた。

夜の山は、セミがさざめく昼間に勝るとも劣らない騒がしさだ。バリエーションに富んだ虫の音とヨタカの笑うような鳴き声が、絶えず山中に鳴り響いている。

「かゆ……」

家を出る前に虫除《よ》けスプレーを全身に噴きかけてきたものの、すでに三か所ほどヤブ蚊に刺されている。半袖《はんそで》で来たのは間違いだった。雑草の生えていない線路の上を歩きたいけど、ハマセンに注意されたので舗装されていない獣道《けものみち》を進むしかない。

大自然と格闘し続け、ようやくウラシマトンネルに続く階段に辿《たど》り着く。

階段を下り始めたら、途中でウラシマトンネルの前に白い光源が見えた。懐中電灯だろう。花城《はなしろ》がもう来ているのかな、と思って足を速めたら、そのとおりだった。彼女は地面にしゃがみ込み、両手で大事そうに懐中電灯を握って地面を照らしていた。こちらにはまだ気づいていないようだ。

「花城、もう着いてたんだ」

階段を下りきったところで名前を呼ぶと、花城は弾《はじ》かれたように立ち上がり、僕に懐中電灯を向けた。眩《まぶ》しくて僕はつい目を細める。

「遅い！」

花城が怒鳴る。

僕は携帯を見る。時刻は二〇時だった。

「時間ぴったりだよ」

「五分前行動が基本でしょ！」

「前に三〇分も遅刻した花城がそれを言うのはどうかと思うけど」

「あれは昼間だからセーフなの！　今は夜でしょ？　こんな人気《ひとけ》のない山奥に女の子が一人でいたら、あっという間に獣に食べられて朝には骨になっちゃう」

「ならないよ。アフリカのサバンナじゃあるまいし。ていうか、夜が嫌《いや》なら別に明日の朝でもよかったんじゃないの？」

「少しでも長く調査するには今夜じゃないとダメ、って説明したじゃない」

そう言えばそうだった。

今日は七月一二日の金曜日だ。土日は休日、月曜日も学校の創立記念日で休み。つまり三連休となる。

ウラシマトンネルを調査するにあたって最初に突き当たる壁は、なんといっても時間の問題だ。ただ中にいるだけで膨大な時間を消費するウラシマトンネルは、それだけ調査にも膨大な時間を要する。だから都合よく訪れたこの三連休を、トンネルの調査に使わない手はなかった。

花城の言うとおり、少しでも長くウラシマトンネルを調査するなら、土曜日の朝ではなく今夜、金曜日の夜から始めたほうがいい。それでもせいぜい、トンネルの中にいられる時間は二分程度だ。この二分のために、僕は三連休を犠牲にして、わざわざ父さんから外泊の許可を取った。

「ここで話してる時間ももったいない。打ち合わせした内容は覚えてるよね？　早く行こう」

花城《はなしろ》に手を引かれ、僕たちはウラシマトンネルに足を踏み入れた。

生ぬるい風が首筋を舐《な》める。昼よりも気温は低いはずなのに、暗闇《くらやみ》とじめっぽさのせいか、トンネルの中は妙な息苦しさを覚える。早く終わらせて外に出たい。

今回、僕たちが調べるのはウラシマトンネルの長さだ。時間の流れが変わる境界を越えたら、全力疾走で進めるところまで進んで、また帰ってくる。

「ウラシマトンネルの中にいられる時間を二分とするなら、引き返すことを考えても三〇〇メートルくらいまで進めるはず。この山の標高を考えれば、一番手前の鳥居から三〇〇メートルもトンネルが続くことはまずないと思う。だから、上手《うま》くいけば向こう側に抜けられる」

「おお、なんか、分析がそれっぽい」

「それっぽいって?」

「賢そうな感じがする」

「何それ」

花城はくすくすと笑う。バカっぽい、と思われているのかもしれない。

「この前、図書館に行って色々と調べてみたの。一応、ウラシマトンネルの資料を探してみたんだけど、それらしい文献もネット情報もなくて。だから、結局、私たちで予想して検証するしかないのよね」

「さすがだなぁ、花城は。……ところで、手がちょっと痛いんだけど」

ぴた、と花城は足を止めると同時に、僕の手を離す。

手は、トンネルに入るときから握られていた。ただ繋《つな》ぐだけなら僕がちょっとどぎまぎする
だけで何も言うつもりはなかったのだけど、爪《つめ》がめり込むくらい力が入っていたので、申し訳
ないな、と思いながらも申告させてもらった。

「そ、そうね。ずっと手を繋いでるのも、おかしな話よね」

「いや、手を繋ぐこと自体は構わないんだけどさ」

「いいの。ほら、行こ」

そう言って花城は僕に先に行くよう促した。

僕が歩きだすと、背中を引っ張られる感じがした。花城が僕の服を摘《つま》んだようだ。しかもや
たらと距離を詰めてきて、足を踏み出すたび踵《かかと》を踏まれる。歩きにくいことこの上ない。

「花城さ、もしかして、暗いの怖い？」

歩きながら訊《き》く。花城は何も答えない。どうやら図星のようだ。会ったときからやけに落ち
着きがないと思った。

「そうだけど、悪い？」

観念したのか、花城はどこか非難めいた声音《こわね》で返事をした。

「別に悪くないよ。ちょっと気になっただけ。前に入ったときは平気じゃなかったっけ？」

僕を尾行してきたときと、ウラシマトンネルの時間の流れ方を調べたときだ。いずれも花城

が怖がっていた記憶はない。

「あのときは昼間だったでしょ。外が明るかったから、トンネルの中もちょっと薄暗い程度で、まだ我慢できたの。でも夜はダメ。トンネルの外も中も真っ暗だし、もし懐中電灯が消えたら、パニック起こす」

「そんなに怖いかな」

「怖いよ。むしろ平気な塔野《とうの》くんがおかしいって。あの、暗闇《くらやみ》が押し寄せてきて、身体《からだ》を圧迫するような感じ、分からない？　自分と他のものの境目が曖昧《あいまい》になって、息が苦しくなる……」

ポツポツと話す花城《はなしろ》の声を聞いていると、なんだか居《い》た堪《たま》れない気持ちになってきた。僕は暗闇に怯《おび》える花城の手を「痛いんだけど～」などと抜かして離させたのだ。男以前に、人間としての器が小さすぎる。

静かに深呼吸してから、僕は思い切って服を摘《つま》む花城の手を上から握った。すると驚いたように一瞬手が震えて、だけどすぐに握り返してきた。

時間にして三秒足らず、そのうえ間に交わされた言葉は一つもなかったけど、間違いなく、今までで一番濃密な彼女とのコミュニケーションだった。

遅れて、どうしようもない照れくささとむず痒《がゆ》さに襲われる。僕は気分を紛らわすために会話を切り出した。

「それにしても、意外だな。君に怖いものなんてないと思ってた。なんかトラウマでもあるの？」

「小学生の頃《ころ》、クラスメイトと喧嘩《けんか》して教室のロッカーに閉じ込められたことがあったの。それ以来、暗くて狭い場所は苦手」

「そ、そうなんだ」

つい相槌《あいづち》がぎこちなくなる。軽い話題作りのつもりが、想像以上に重いエピソードを引き出させてしまった。

「別にいじめられてたってわけじゃないよ。ちょっと不覚を取っただけ。ロッカーからは自力で脱出したし、私を閉じ込めたヤツはホウキでタコ殴りにしてやったからね」

「はは。それは花城らしいね」

「塔野くんは何か怖いものってある？」

「そりゃあるよ。ぱっとは思いつかないけど、たくさん」

「じゃあ一番怖いものは？」

「一番？　うーん、そうだなぁ……」

難しい質問だ。怖いものは無数にあるけど、それに順位をつけるとなると悩ましい。

ヒグマ、サメ、地震、病気……普通の人が怖がるものは大体怖い。それらの対象にあえて共通点を見出《みいだ》すなら、死に繋《つな》がることだろうか。あるいは、死そのもの。でも、それはすべての生物が抱《いだ》く本能的なものであって、僕自身が感じる怖いものではないような気がする。

僕の、塔野カオルが感じる怖いもの。死に関係する何か。

――親しい人に死なれること。

「さあ、分かんないや」

そうなの、と花城《はなしろ》はちょっとつまらなさそうに返事をした。

空気が重くなるような話題は避けるべき。そう思ってあえて答えなかった僕の選択は、きっと正しい。

「あ、見て」

僕は前を指差す。トンネルの奥から松明《たいまつ》の明かりが漏れていた。鳥居が近づいている。僕と花城は小走りでそこへ向かった。

鳥居の前で足を止める。ここまで来たらもう懐中電灯は必要ない。僕が懐中電灯をポケットにしまうと、花城はそっと手を離した。

「ここからが本番だな」

ごくり、と生唾《なまつば》を飲み込む。

制限時間は二分。最初の鳥居をくぐったら、一分で行けるところまで行く。残りの一分は帰りの分だ。

時間を管理するため、携帯のストップウォッチ機能を立ち上げた。

「準備オーケーだ。いつでも行けるよ」

「私も大丈夫」

花城は少し緊張しているようだった。表情が険しい。それでも怖がっているふうには見えなかった。トンネルの奥を真《ま》っ直《す》ぐ見つめる花城の目は、憧《あこが》れと好奇心で炯々《けいけい》と輝いている。心配は要らなさそうだ。

「じゃあ、よーいどんで行くよ」

僕はスタンディングスタートの姿勢をとる。握りしめた手は汗で湿っていた。

「よーい、どん」

タイム計測をスタートさせる。と同時に、僕たちは走りだした。

先頭は僕だ。びゅんびゅんと千本鳥居を抜けていく。ペースは全力疾走の八割ほど。花城は陸上部を凌《しの》ぐ健脚の持ち主なので、多少、僕が飛ばしてもちゃんとついて来られるだろう。

走りながら携帯の画面を見る。まだ一〇秒。出口は見えない。

僕は一瞬だけ振り返り、横目で花城の顔色を窺《うかが》う。

まだまだ余裕そうな表情だ。もうちょっとペースを上げてみる。

二〇秒、三〇秒と時間は過ぎていく。外はもうとっくに昼間だろう。トンネルの中はずっと鳥居と松明が続くだけで、景色はまったく変わらない。

そういえば、気になっていたことがある。

花城は、なんのためにウラシマトンネルに入るのだろう。

この数日間で花城とは幾度も言葉を交わしてきた。でも、彼女が何を求めてウラシマトンネルに入るのか、僕は知らない。別にものすごく気になるわけでもないけど、互いの情報が共有されていないと後の探索に支障をきたす恐れがある。今日、ウラシマトンネルを出たときにでも訊《き》いてみたほうがいいかもしれない。

さて、そろそろ一分経《た》っただろうか。足が重くなってきた。

時間を確認しようと視線を下げたら、突然、バサバサバサッ、と前方から音がした。何事かと顔を上げた瞬間、どこからともなく紙きれが降ってきた。それも一枚や二枚ではない。数えきれないくらい、大量に。

「わっ」

大量にある紙きれのうちの一枚が、まるで台風の日に飛んでくるチラシのように、僕の顔面を捉《とら》えた。視界を完全に遮《さえぎ》られ、軽くパニックに陥る。急いで紙きれを剥《は》がそうとしたら、足がもつれて派手にすっ転んだ。

「痛っ！」

「塔野《とうの》くん⁉」

転んだ拍子に紙きれが顔面から離れる。と同時に、目の前をカラカラと滑っていく物体が見えた。僕の携帯だ。転んだときに手からすっぽ抜けたらしい。

慌てて僕は拾いに行く。あれがないと時間が分からない。

三メートルほど進んで、落ちた携帯を手に取る。幸い、表面にちょっと傷がついた程度で壊れてはいないようだった。よかった。いや、よくない。

「ごめん花城《はなしろ》！　時間を無駄に――花城？」

てっきり、花城は先に行っているか僕の側《そば》にいるものだと思っていた。でもそのどちらでもなかった。ちょうど、僕が転んだ辺りの場所で立ち尽くし、いつの間にやら手にした一枚の紙きれを呆然《ぼうぜん》と見つめていた。

花城の足元には、先ほど降ってきた大量の紙きれが散らばっていた。大きさはバラバラで、数は百枚くらいあった。

「花城？」

呼んでも無反応だ。花城の肩は上下に揺れていた。かなり呼吸が荒くなっているようだ。僕よりも体力があるはずの花城が、一分程度走り続けただけで息を切らすとは思えない。

何か様子がおかしい。僕は花城の元へ駆けつけた。

「大丈夫？　どうかした？」

聞こえているのかいないのか、花城は震える声で「これ……」と呟《つぶや》いた。

僕は花城の持つ紙きれを覗《のぞ》き込んだ。

紙には絵が描《か》かれていた。子供が描いたような拙《つたな》い絵だ。絵はコマ割りされ、セリフの吹き出しを確認できた。これは、漫画だろうか。なぜこんなものがトンネルに……。謎《なぞ》だけど、立ち止まって考えている暇はない。携帯の画面を見ると、すでに一分が経過していた。嫌《いや》な汗が額《ひたい》に滲《にじ》む。

「花城《はなしろ》、もう戻らないと」

返事はない。こちらを振り向きもしない。それどころか花城は、急に膝《ひざ》をついて散らばった紙を追い立てられるようにかき集め始めた。

「花城！」

声を上げる。それでも花城の手は止まらなかった。

「何やってんだ！　もう時間がない！」

「先に行ってて！」

「え!?　いや無理だ！　置いてけないいって！」

「私もこれは置いてけない！」

鬼気迫る勢いだった。一心不乱に散らばった紙を集めるその姿は、明らかに尋常ではない。言葉での説得は無理だと早々に悟る。一瞬、引きずってでも連れて行こうかと思ったけど、それでは時間がかかりすぎる。

「ああもう！」

花城を手伝うことにした。これが最善の選択肢だと信じて。

紙をすべて回収するなり、僕たちは合図もなく出口に向かって走りだした。時間を確認する余裕さえなかった。

全力で走り続けて、千本鳥居を抜けた。これで時間の流れは正常に戻ったはずだ。

「つ、疲れた……」

その場に座り込みたい衝動をぐっと抑えて、歩いて外を目指す。出口が近づくにつれトンネルの中は明るさを増し、次第にセミの鳴き声が聞こえるようになった。

トンネルを抜けると、容赦のない太陽の光が頭上に降り注いだ。

携帯を見てみると、画面の日付は七月一六日になっていた。時刻は昼の一時。トンネルに入ったのが七月一二日の夜だったので、三日半以上トンネルの中にいたことになる。それだけの時間を費やしても、結局、トンネルの長さを測ることはできなかった。少なくとも三〇〇メートル以上はある、と分かったことだけが収穫だろうか。いや、もう一つあるのか。

自分の手に収まった紙の束に目をやる。そしたら突然、ひゅっ、と紙の束が消えた。

「えっ」

花城が一瞬で取り上げたのだ。おそらくは、僕に見られまいとするために。なのでほんのチラッとだけしか見えなかった。

「えーと……花城」

こちらに背を向ける花城に、僕は問いかける。

「それは、一体なんなの？」

「……の……」

「え？　よく聞こえないよ。ていうか、こっちを向いて話してくれよ」

そう言っても、花城《はなしろ》はこちらを見ようとしない。

仕方なく、僕は花城の肩を掴《つか》んで半ば無理やり振り返らせる。

「ねえってば」

ぎょっとする。

花城は泣いていた。目に薄い涙の膜が張っている。

僕が言葉を失っていると、花城はゴシゴシと目をこすり、一転してはっきりした声で言った。

「これは、つまらないものよ」

「いや……それは嘘《うそ》でしょ……」

普通の人は、つまらないものを地面に這《は》いつくばってまで必死にかき集めたりしない。

ぱっと見た感じ、紙に劣化や破れは見られなかった。誰《だれ》かが捨てたものとは思えないし、それらが急に降ってくる道理も分からない。となると、あれらもウラシマトンネルの産物なのだろうか。カレンのサンダルや、インコの『キイ』と同じ、ここにあるはずのないもの。でも、どうしてそれがたくさんの紙きれなのだろう。花城が泣いている理由も分からない。

「それは、花城が欲しかったもの？」

「違う」

「ならなんなのさ。具体的に頼むよ」

「説明したって、無意味だから」

「それは言ってみなくちゃ分かんないよ。ウラシマトンネルの謎《なぞ》を解き明かすヒントになるかもしれないし」

「……本当に、言ってもどうしようもないことなの」

その声は少しだけ震えていた。どうしても言いたくない理由があるらしい。

今後のウラシマトンネルの調査や探索に支障をきたすから、と言って問いただせば、花城は話してくれるだろうか。……いや、やめておこう。それであの紙きれの正体が分かったとしても、花城との間に禍根《かこん》を残しそうだ。それこそ調査や探索に支障をきたす。

でも、最低限これだけは訊《き》いておきたい。

「花城はさ、何が欲しくてウラシマトンネルに入るの？」

「それは」

口を開けたまま花城は固まる。まるで出かかった言葉が喉《のど》に詰まっているようだった。

たっぷり一〇秒ほど溜《た》めてから、花城はつっかえつっかえに言葉を紡いだ。

「……。よく、分からない。入れば、見つかると思って」

「ええ……そんなあやふやな理由だったのか」

「でも目的はちゃんとある」

食い気味に言い放ち、そのまま続ける。

「特別になりたいの」

「特別？」

「欲しいものがなんでも手に入る、時間の流れが異なる空間。そんな理屈では説明できないような場所に訪れるのって、これ以上ない特別な経験でしょう？」

「特別な経験をしたからって、特別な人間になれるわけじゃないと思うけど」

「違うよ。特別な経験が特別な人間を育てるの」

頭がこんがらがってきた。

「特別特別って、どうして君はそうなりたいんだよ」

僕は立ち上がって、今まで以上に強く問うた。

すると花城《はなしろ》は、親を見失った幼子のような表情を浮かべた。彼女のそんな弱った顔を見るのは初めてだった。

数秒の逡巡《しゅんじゅん》の後、花城はゆっくりと口を開いた。

「私が一三歳の頃《ころ》、お祖父《じい》ちゃんが亡くなったの」

ぬるい風が吹いた。頭上の木の葉がさわさわと揺れる。

僕は頬《ほお》の内側を弱く噛《か》む。ちょっと後悔していた。

「……ごめん」

「別に、謝らなくてもいい」

「大切な人だったの？」

「いや……。ほとんど話したことなかったから。顔もあんまり覚えてない」

「そ、そうなのか」

「でも、怖かった」

花城はゆっくりと語りだした。

「お祖父ちゃんが死んでも、何も変わらなかったの。ほんと、びっくりするくらい何も。ちゃんとお葬式はあげたし涙を流す人もいたけど、人っていつかは死ぬものでしょ？　だから悲しみも一時的なもので、みんないつかは死を受け止めて、そして自分も死んでしまうの。仮に死を受け止められなくとも、その結果は誰《だれ》でも変わらない。人が生きた痕跡《こんせき》はそうやって時間と共に薄くなって、極々《ごくごく》一部の人間を除いて、完全に消える。お祖父ちゃんが死んだ夜、私、それに気づいたの」

徐々に語調が強くなっていく。

「ねえ、これってさ、絶望だと思わない？　私が死んでも何も残らない。世界も何も変わらない。じゃあ私はなんのために生まれたの？　世界にとって私ってなんなの？　取るに足らない存在なら生きてる意味なんてあるの？　そういうことを考えるとさ、普通でいることがとんでもなく恐ろしいことに思えてしまうの。だから私は極々一部の人間になりたいの。普通じゃない、この世に爪痕《つめあと》を残すような、特別な人間に」

「……」

僕は何も言えなかった。あまりに唐突で、途方もない話だった。

これは「そのとおりだね」とか「僕もそう思う」とか、そんな軽い言葉で流してはいけない類《たぐ》いの話だ。自分の思った本当の言葉で真剣に返さなくてはいけない。

僕は考える。ひたすら考えた。

だけどやっぱり何も思い浮かばなかった。無だった。花城《はなしろ》の信念に僕が突っ込める隙《すき》など微《み》塵《じん》もなかった。でもそれはたぶん無理からぬことなのだ。花城はきっとこの命題に何日も苛《さいな》まれたのだろう。ひょっとすると何か月、何年かもしれない。そんな長い時間をかけてようやく確立したであろう信念を、この僕が、たった数分数秒であれこれ口出しできるはずないのだ。

……でも。それでも。

素直に賛同する気には、どうしてもなれなかった。

だから。

「またずいぶん喋《しゃべ》ったね」

そんなことしか言えなかった。バカ。……いや本当にバカすぎる。

「……塔野《との》くん、なかなかひどいね。私的にかなり勇気の告白だったんだけど」

上目遣いで睨《にら》まれる。僕は慌てて謝った。

「ご、ごめん。なんて言っていいのか全然分かんなくて……つい……」

「いいよ、言いたいことは言えたし。それより、分かってくれた？　私がウラシマトンネルに入る理由」

それについては、理解はしたけれど共感はできない、というのが本音だ。僕は花城のように特別な人間になりたいなどとはまったく思わない。

——普通で結構じゃないか。世界にとって取るに足らない存在でも。何不自由ない幸福な日常を送れるなら、それ以上、望むことなんて何もない。劇的な幸福も、ドラマチックな悲劇も必要ない。平和な毎日が続くなら、その他大勢の一部でもいいじゃないか——。

でも、当然のことながら花城がウラシマトンネルに入るか入らないかを決める権利は僕にはない。それに、仮に動機が不純だと訴えても、きっと彼女は独力でウラシマトンネルに挑むだろう。それだけの行動力と意志の強さがある。

利害関係を考慮しなくとも、花城とは対立したくない。なら、僕の答えは決まっている。

「……花城が本気だってのは、伝わったよ」

「ほんとに？」

大きく頷《うなず》くと、花城はほっとしたように笑《え》みを浮かべた。

「なら、いいの」

妙な後ろめたさを感じて、僕はつい顔を逸《そ》らしてしまいそうになった。

結局、その日の授業は六時間目からの参加だった。ハマセンにはしこたま怒られた。

「ふわあ……」

つい大きな欠伸《あくび》が漏れる。数学の先生に睨《にら》まれて、僕は首を竦《すく》めた。

金曜日の夜にウラシマトンネルに入って、出たのが火曜日――今日だ。現在時刻は昼の二時でも、僕の体内時計は深夜帯になっている。徹夜で授業を受けているようなものだから、眠たくなるのは当然だった。

こみ上げてくる欠伸を噛《か》み殺し、右手に握ったペンをくるりと回す。授業はまったく頭に入ってこない。ずっと、ウラシマトンネルのことばかり考えていた。

ウラシマトンネルの特性は二つある。まず、時間の流れが外と違うこと。もう一つは、欲しいものが手に入ること。前者は実証済みだ。でも、後者については未《いま》だはっきりしたことは分かっていない。悩みのタネはそこにあった。

カレンのサンダルも死んだはずのインコも、僕の欲しいものからはズレている。そしてトンネル内に突然現れたたくさんの紙きれも、花城《はなしろ》の言葉を信じるなら、欲しいものとはまた違うのだろう。なら、ウラシマトンネルは何を基準に物体を出現させているのだろうか。ただ心の中に浮かんだものを無差別に投影しているだけとも思えない。何か、規則性があるはずだ。

願望が歪《ゆが》んだ形で出現する、その規則性。

ふと、猿の手という話を思い出した。

猿の手は海外でメジャーなホラー小説だ。中学生の頃《ころ》、英語の課題で原文を訳したことがある。タイトルにもなっている猿の手という道具は、持ち主の願いを、持ち主の望まない形で叶《かな》えるという、悪意に満ちた魔法のランプのようなものだ。たとえば、作中で大金を望んだ女性は、息子《むすこ》が事故死したことによる賠償金で大金を得ることになる。息子の蘇生《そせい》を望めば、得体の知れない何かになって家に帰ってくる。

明確な悪意がある、という点を除けば、猿の手もウラシマトンネルと似ているかもしれない。

いや、悪意がないとも言い切れないのか。

たとえば、初めてウラシマトンネルに入った七月一日の夜。カレンのサンダルを見つけたのは、僕が引き返そうと思ったタイミングで起きた出来事だった。それはどうにも不自然というか、出来すぎているような気がする。インコのキイもそうだ。まるで獲物をトンネルの奥に誘い込むかのような登場の仕方だった。冷静に考えてみると、それらの事象には何か罠《わな》めいたものを感じる。

もし、ウラシマトンネルになんらかの悪意があるとして、猿の手のように、カレンが変わり果てた姿で僕の目の前に現れたら……そんなことは、想像もしたくない。

嫌《いや》な考えを振り払って、僕は黒板横にあるカレンダーに目をやった。

もうすぐ、夏休みだ。

第四章
少女の夢、少年の現実

夏休みまでの日々はあっという間に過ぎた。

終業式を終えた僕たちは教室で通知表を受け取り、正午前に解散となった。

およそ半分くらいのクラスメイトは、部活や帰宅のため教室を出ていく。残りの大半は、夏休みの到来に胸を躍らせながら、友人と通知表を見せ合ったり、遊ぶ約束を結んだりしていた。海にバーベキューに花火大会といった、夏ならではのワードが教室を飛び交う。

僕はというと、しばらく席に座ったままぼんやり教室を眺めていた。2－Aの教室もこれで見納めになるかもしれないと思うと、感慨深いものがあって、なかなか席を立つことができなかったのだ。

教室を見渡して自然と目に入るのは、元川崎《かわさき》さんグループだ。リーダーを羽田《はねだ》にすげ替えて、以前と変わらず楽しそうに談笑している。前までグループの中心にいた川崎さんは、今は輪から外れて黙々と下校の準備をしていた。

そのまま帰るのかと思いきや、川崎さんは同じく下校の準備をしている花城《はなしろ》に話しかけた。そして携帯を取り出して何やらやり取りしたあと、満足げな顔をして帰っていった。アドレスの交換でもしていたのだろうか。

僕もそろそろ帰ろうかな、と思って立ち上がると、加賀《かが》が声をかけてきた。

「カオル、これから予定あるか？」

「いや、特にないけど」

「そうか。これから書道部のやつらと飯食いに行くんだが、お前も行くか？」

遠慮しとくよ、と断ろうとして、僕は思いとどまった。

ひょっとすると加賀と話すのはこれが最後になるかもしれない。だったらせめて一度くらいは誘いに乗ってあげたほうがいいんじゃないだろうか……と、そこまで考えて「やっぱないな」と思い至った。帰宅部の僕が書道部の会合に参加しても、空気が悪くなるだけだ。

「ごめん、僕はいいよ」

「珍しく即答じゃなかったな。ちょっと迷ってたろ」

ぐ。鋭い。

「別に遠慮しなくていいんだぞ。周りのやつらもそんな積極的に絡むタイプじゃないし」

「いいっていいって。今、金欠だし」

「初参加サービスってことで奢《おご》ってやってもいいが」

「それは悪いよ。僕のことは気にしなくていいから、楽しんできて。それじゃあね」

無理やり会話を終わらせて、僕は席から立ち上がる。

「まぁ待てよ」

引き止められる。

あれ、と僕は心の中で首を傾げる。今日の加賀は、やけにしつこいな。

「楽しめるときに楽しまないのはただの怠慢だと俺は思う」

「楽しめる保証がないよ」

「参加するだけでも意味はあるだろ」

「そんな道理が通じるのは小学校のマラソン大会くらいのもんだよ」

　つい早口になる。いけないいな、と思って、軽く咳払《せきばら》いをして普段の調子を取り戻す。

「カウンセリングのつもりか知らないけど、気を遣う必要はないよ。僕は今までどおり、正常だからさ」

「なら、なんで最近こうも遅刻や欠席が多いんだ？」

僕は返答に窮《きゅう》した。心配されてしまっている。それも、今までより深刻に。

加賀《かが》の善意を蔑《ないがし》ろにするのは気が引ける。それでも、僕には言えない事情がある。ウラシマトンネルは二人だけの秘密だ。言えば花城《はなしろ》を裏切ることになる。だから、気まずさを抱《かか》えながらも、僕は黙秘を選んだ。

「……言いたくないんならいい。でもな、これだけは言わせてもらうぞ」

加賀は僕の胸ぐらを掴《つか》むような勢いで近づいて言った。

「失うことが怖くて得ることに対しても臆病《おくびょう》になってたら、お前、いつか空っぽの人間になるぞ」

「……ならないよ」

言って、僕は加賀をそっと押して距離を取る。

「僕はそうはならない。それに、失ったものはちゃんと取り戻すから」

加賀は怪訝《けげん》な顔をした。

発言の意味を問われる前に、僕は教室の出口に向かって歩きだす。

「じゃ、また九月に」

加賀は諦念《ていねん》の滲《にじ》んだため息を吐《つ》いた。

「……ちゃんと学校来いよ」


夏休み初日の天気は嫌《いや》になるほどの快晴だった。

約束していた午後一時ちょうどに、花城は私服姿でウラシマトンネルの前にやって来た。

「おまたせ」

花城の挨拶《あいさつ》に僕は会釈で返す。

今日も真夏日であるにもかかわらず、花城は長袖《ながそで》長ズボンで、つばの広い帽子を被《かぶ》っていた。いつになく完全防備だ。というのも、今日はウラシマトンネルそのものではなくこの山を探索する。

説明するまでもなく、トンネルというのは二つの地点を結ぶ地下空間のことをそう言うのであって、つまり入り口と出口が存在する。今、目の前にしているウラシマトンネルも、トンネルと名がつくからには、ここ以外にも出入り口があると考えていいだろう。

今日は、そのもう一つの出入り口を見つけるのが探索の目的だった。

「見つかるかなぁ。山、結構広いけど」

僕がそうぼやくと、花城《はなしろ》は平然と言った。

「見つからなかったら、横から穴掘って無理やりトンネルを作る」

「え」

「冗談よ」

びっくりした。花城でも冗談とか言うのか。

「そんな『大脱走』みたいな真似《まね》しないよ。大変だし崩落したら怖いでしょ。でも、後々探索が難航するようなら試してみるのもアリかもね。他に出入り口があったほうが時間を節約できるし」

「どうやって掘るのさ。ショベルカーでもレンタルすんの?」

「いくらくらいかかるんだろ」

「さあ」

そもそもレンタルできるんだろうか。レンタルできたとしても、ここまでどうやって持ってくるのか……。

前置きはそこそこに、本題に戻る。

「それで、どういうふうに探す?」

「とりあえず、歩ける範囲で山をぐるっと回るつもり。山歩きは塔野《とうの》くんのほうが慣れてそうだから、先頭を任せてもいい？」

「いいよ。それじゃあ、行こうか」

そうして僕たちは道なき道へ歩みだした。


探索はたった二時間で終了した。

舐《な》めていた。山を。

それほど木が密集した山でもないから準備さえちゃんとすれば探索は容易だろう、と踏んでいたのだけど、完全に見通しが甘かった。

まず、目的が漠然としすぎた。どこそこを目指す、なら目的地に向かってただ進むだけでいい。だけど、ある特定のものを探す、となれば見落としがないよう虱潰《しらみつぶ》しに歩き回らなければならず、これが非常にしんどくて不毛な作業だった。最初はちょっと過酷なピクニック気分だった僕と花城も、クモの巣を顔面に食らったり、足を滑らしてこけそうになったりするうちに会話がなくなって、しまいには来た道を忘れて遭難しそうになった。

ウラシマトンネルの前まで戻ってくる頃《ころ》には、二人して這々《ほうほう》の体《てい》だった。

花城は髪に貼《は》りついたクモの巣を取りながら、申し訳なさそうに言った。

「ちょっと軽率だった……」

「いや、僕もちゃんと考えて動くべきだったよ……まだ三時だけど、今日はもう帰ろうか」

「うん。シャワー浴びたい……」

そういうわけで僕たちは帰路についた。

階段を上り、線路の前に出る。そこで僕はあることに気がついた。

「ん？」

自分のポケットを上から押さえる。手に伝わるはずの触感がない。中をまさぐってみるも、ポケットの中は空だった。

「どうしたの？」

「家の鍵《かぎ》落としたっぽい」

「え、大丈夫なの？」

「一応、予備が家にあるから大丈夫。ただ、夜までどっかで時間潰《つぶ》さないとな……」

夜、正確には出勤している父さんが帰ってくるまでだ。休日出勤の日はいつもより帰ってくるのが早いので、僕が家に入ることができるのは大体八時くらいになるだろう。

「それじゃあさ」

急に花城《はなしろ》が高い声を出す。日焼けのせいか、顔が赤くなっていた。

彼女はおずおずとした様子で続ける。

「家《うち》、来る？」

花城の住むマンションは、比較的街寄りの土地にあった。

オートロックの扉を抜けて、掃除が行き届いた内廊下を歩く。こう言っちゃ悪いけど、同じ集合住宅でも川崎《かわさき》さん家《ち》より大きくてずいぶん綺麗《きれい》だ。

ある扉の前で足を止める。ここか、と思って表札を見ると、「花城」とは全然違う名前だった。

そういえば、親いないんだっけか。

花城が先輩をボコした日に言っていたことだ。問うまでに思い出してよかった。

扉を開けて中に入る花城に続き、僕は玄関に上がった。すると、玄関のすぐ隣にある部屋から五〇代くらいの女性が顔を出した。白髪の混じった髪を後ろでまとめ上げ、手にはエコバッグを提げている。これから買い物にでも行くみたいだ。

花城は足を止めて「帰りました」と挨拶《あいさつ》をした。同居人だろうにやけに丁寧だな、と疑問に思いつつも、僕も「お邪魔してます」と頭を下げる。

「あんずにお友達……？」

その女性は驚いたふうに僕を見た。そして、突然ハッとしたように自分の口元を手で覆う。

「お茶を、ご用意したほうがいいのかしら……」

花城はふるふると首を振った。

「お構いなく。それより、買い物を優先してください」

「そう……？　なら、そうするわね」

女性は僕の横を通り過ぎて、家から出て行った。

「こっち来て」

手招きされて、僕は花城《はなしろ》を追って廊下を進む。

「今の人は、私の叔母《おば》さん」

僕の疑問を察したのか、花城は自《おの》ずから説明してくれた。

「叔母さんは二年前に旦那《だんな》さんを亡くしてて、娘さんも独り立ちしてるの。だから、今は私と叔母さんで二人暮らし。同居するまでほとんど話したことがなくて、だから敬語なの」

「そうだったのか……」

「ここ、入って」

花城に促されて、僕は突き当りにある部屋に入った。

「ちょっと待っててね」

とたとたと小走りでどこかへ行くと、少しして、花城は手にハンドタオルとコップを持って戻ってきた。

「これ、濡《ぬ》れタオルとお茶」

「ああ、ありがとう」

「私、シャワー浴びてくるから。それで身体《からだ》でも拭《ふ》いて待ってて」

ピ、とリモコンで冷房の電源を点《つ》けてから、花城はまた部屋から出て行った。

僕はポツンと部屋に取り残される。

とりあえず床に正座して、お茶を飲んだ。それから渡された濡れタオルで顔や首元を拭きながら部屋を見渡した。

最も印象的なのは、壁一面を覆うほどの巨大な本棚だ。並んでいる本は文庫から漫画まで形態を問わず様々で、出版社別に収納されている。こういうところに性格が出るよなぁと思う。

次に自然と目が行くのは勉強机だ。片付いた部屋の中で、そこだけがやけに散らかっている。机の上には雑多に本が積んであって、消しカスも散見された。

これといって特別なものはない、川崎《かわさき》さんと似たり寄ったりな地味な部屋だ。最近の女の子はこれが普通なんだろうか。それとも僕が女の子の部屋に幻想を抱《いだ》きすぎなのか。

そんな感じで部屋を観察しているうちに身体を拭き終わって、手持ち無沙汰《ぶさた》になった。場所が場所だけに、やることがないと落ち着かない。何も考えずぼーっとしようにも、女の子の部屋特有の甘い香りが思考を乱しにかかる。

漫画でも読んで気を紛らわせようと、本棚に近づいた。一冊くらい借りても文句は言われないだろう。

ちょうど前から読みたかった漫画を見つけたので、それを借りることにした。本棚から漫画を引き抜く。

「ん？」

漫画と棚の間に封筒が挟まっていた。まるで隠していたかのようだ。

好奇心で手を伸ばす。封筒を引っ張り出して表側を見ると『夕灯社《ゆうとうしや》』の文字と、その会社のロゴがプリントされていた。封筒はすでに開封済みだった。

さすがにこれは勝手に見たらまずそうだ。元に戻そうとして、はたと手を止める。

「夕灯社って、たしかあの会社だよな……」

それに気づいた途端、花城《はなしろ》とウラシマトンネルに入ったときの光景が脳裏をよぎった。

……もしかして、花城って。

好奇心と罪悪感が脳内で対立して、わずかな差で前者が勝る。僕は中に入っている書類をゆっくりと引き抜いた。

「……へえ」


ガチャ、と扉が開いた。

「ごめん、長引いちゃった。……あ、それ」

「ああ、ちょっと暇だったもんでさ。借りてるよ」

僕は床に座ってベッドにもたれながら漫画を掲げた。迷惑だった？　と訊《き》くと、そんなことないよ、と返ってきた。

薄手のキャミソールにショートパンツを穿《は》いた花城は、今までになく露出が多くて、僕は同じ空間にいるだけで胸がドキドキした。そんな彼女が隣に座ってくるものだから、緊張は頂点に達する。

僕は読みさしの漫画をテーブルに置き、気まずい雰囲気にならないよう花城に話しかけた。

「花城って、漫画も結構読むんだね」

「うん。意外？」

「そうだなぁ。学校じゃ文庫本ばかり読んでたからさ」

「よく見てるね」

「君は目立つから」

あはは、と花城は控えめに笑った。僕は幾分か緊張がマシになった。

それから何気ないことを話し合った。

好きな漫画とか、好きな小説とか、好きな食べ物とか、そういう他愛《たわい》のない話だ。時間は蜂《はち》蜜《みつ》みたいなドロドロの質感を持って部屋を満たし、ひたすらゆっくりと流れていった。

「私、本当は親いるの」

そんなことを言い出したのは、昔やったゲームの話をしたあとのことだった。

「家にいない、って意味では嘘《うそ》ではないんだけど、騙《だま》してごめんね。私の両親は二人とも東京にいるの。お母さんとお父さんはすごく厳格な人で、何かと反抗的な私のことが手に余っちゃったみたいでさ。それで、叔母《おば》さんがいるこの場所に、更生って名目で島流しにしたの」

「島流しって」

僕は苦笑する。

「陸続きでも島流しって表現は使うらしいよ」

言うほど辺境の土地ではないよ、との意味もあっての苦笑だったのだけど。まぁいいや。

「私はお母さんもお父さんも嫌いだった。大して立派でもない仕事を盲目的に信奉して、夢に向かって不安定な道を進む人を軽蔑《けいべつ》する、あの人たちが大嫌いだった。でも、私を香崎《こうざき》に送るって聞いたとき、すごくショックだった。嫌い嫌いって思ってても、私はまだ心のどこかであの人たちのことを嫌いになりきれずにいたの。ほんと、バカみたいだよね」

花城《はなしろ》は自嘲《じちょう》する。

「そんな情けなさを引きずったまま香崎に来て、ちょっと自暴自棄になってた。喧嘩《けんか》は今までにもあったけど、男の人に顔引《ひ》っ叩《ぱた》かれてお腹蹴《なかけ》られたのは初めてで、正直、あのときはちょっと泣きそうになってた」

でもね、と花城は続ける。

「そんなとき、塔野《とうの》くんが現れて……覚えてるかな？　私が親いないって言ったら、なんて答えたか」

「それはいいな、だっけ」

「そう。憎悪も同情もない、自然な言葉だった。あのとき私ね、ああ、この人は私よりもずっと先にいるんだなぁ、って、そう思ったの。放課後になって塔野くんの後をつけたのも、実はそれが理由でさ。どうしてあんなことを言ったのか、それをたしかめたくて」

「……そうだったんだ」

「たぶん、私ね、すごく……すごく不謹慎かもしれないけれど、いろんな事情を抱《かか》えた普通じゃない塔野くんに、憧《あこが》れてたの」

ぴと、と花城の、むき出しの肩が僕の二の腕に触れた。

頭がクラクラするほど甘い香りがした。

「ねえ、塔野くん。こっちを向いて」

僕はゆっくりと花城を見る。

上気した顔。潤んだ瞳《ひとみ》。艶《つや》やかな唇《くちびる》。

こくり、と花城の喉《のど》が上下する。

「私、塔野くんのことが――」

「花城」

僕は台詞《せりふ》を遮《さえぎ》った。包丁で生きた魚の頭を落とすような、そんな嫌《いや》な感じがした。

「何……？」

花城は不満げな表情を浮かべる。

僕はすっぱりと言い放った。

「君、漫画描《か》いてるの？」

花城《はなしろ》は最初、何を言われたのか分からないような顔をした。ひょっとして違っていたかな、と僕は不安になる。だけどそれは、余計な心配に終わった。

「え、あ、な……」

花城はわなわなと震えながら口を池の鯉《こい》のように開閉する。元から赤らんでいた顔はさらに紅潮して、目尻《めじり》が裂けそうなくらい目は見開かれた。驚愕《きょうがく》、羞恥《しゅうち》、困惑、いずれも高純度なそれらの感情がごちゃまぜになって、顔に押し寄せている。

「な、な、なんで……」

未《いま》だ信じられない様子で、花城は説明を求める。

「漫画を取るときに封筒が見えてさ。なんだろうなぁ、って思って中を見てみたら、紙が入ってて。あれ、評価シートってやつでしょ？　漫画の賞とかに応募したらもらえる」

「ぎっ」と変な声を出して花城は僕に掴《つか》みかかる。至近距離だけあって僕は躱《かわ》すこともできず、床に押さえつけられた。

「なんで！　見たの！」

馬乗りになってガクガクと肩を揺らしながら花城が問い詰めてくる。飛びついた拍子にキャミソールの肩紐《かたひも》がずれて、下着の一部が露《あら》わになっていた。僕は慌てて顔を逸《そ》らす。

「つい気になって……」

「ひ、人のもの、かか、勝手に見ちゃ、ダメでしょ！」

「それに関しては悪かったよ。でもそんな恥ずかしがらなくても」

「恥ずかしがってない！　怒ってるの！」

想像してた三倍くらい取り乱してる……。

「ていうか、結構高評価だったね。設定も面白そうだったし、できれば見てみたいって思った」

「えっ」

唐突に肩を揺らす手が止まる。

僕は身体《からだ》を引きずって花城の下から脱出する。そして向かい合った。

「机の上散らかってるし、今も描いてるんでしょ？　見てみたいよ、花城の漫画」

「いや……あんなの、人に見せられるレベルじゃないから……」

さっきの取り乱しようが嘘《うそ》みたいに弱気だ。見ていてなんだか楽しい。

「賞に応募するからには漫画家になりたいんでしょ？　だったら人に見てもらったほうが絶対いいって。感想言うからさ、お願い」

「でも……恥ずかしいし……」

もうひと押しだ。

「見たい！　花城《はなしろ》先生の漫画すごく見たい！　なんならお金払うから見せて！」

「う～～ん」

　喜んでいるのか困っているのか、いまいちよく分からない反応だった。

　花城は這《は》うように勉強机の前まで移動して、引き出しの中から紙の束を取り出した。それを僕に向かって、表彰状でも渡すみたいに両手で差し出す。

「これ……描《か》き終わったやつで、一番新しいの。よければ」

「見ていいの？」

「き、期待はしないで。本当に、プロの作品に比べたら落書きみたいなものだから……」

「じっくり見させてもらうよ」

　僕はダブルクリップで留めた原稿を大事に受け取った。

　表紙の絵はかなり上手《うま》かった。ぱっと見た感じ、プロの絵に劣っているようには見えない。これなら内容も期待できる。僕はページをめくり始めた。

「……」

　沈黙が流れる。エアコンの稼働音が、やけに大きく感じられた。

　僕が読んでいる間、花城は落ち着かない様子だった。指先で髪をくるくるしたり、何度も座り方を変えたりしている。そんな花城が新鮮で、ページをめくりながら彼女をちらちら見ていたら、「ちゃんと読んで」と怒られてしまった。僕は平謝りして漫画に集中する。

漫画は、五分も経《た》たずに読み終わった。

ジャンルはたぶんＳＦだ。文明が滅んだあとの世界で、運良く生き残った一人の少女が他の生き残りを探して各地を旅する、というものだった。

「……ど、どうだった？」

ガチガチに緊張した花城がおそるおそる訊《き》いてくる。いつの間にか彼女は正座していた。

僕は正直な感想を述べた。

「すごく面白かった！」

原稿を掲げて僕は熱く語る。

「主人公がとにかく健気で引き込まれたよ。特にラストの、主人公が実は自分を人間だと思い込んでるアンドロイドだったってことが判明するシーン。そこで一度は絶望しても、立ち直ってまた人間探しの旅を続けるところが、こう、ぐっときた。あと、読み終わってから気づいたんだけど、主人公がアンドロイドだっていう伏線もところどころに張ってたよね。もう一度読み返したい気分だよ。本当、それくらい面白かった」

「…………そ、そう？」

上擦《うわず》った声のお手本のような返事だった。

「うん。週刊誌の読み切りにあっても全然違和感ないよ。本当にすごいね。こんな特技があったなんて全然知らなかった。他にも応募したりとか――」

「あ、ちょ、ちょっとごめん」

花城《はなしろ》は急に立ち上がるなりベッドにダイブして、枕《まくら》に顔を埋《うず》めた。

何をしているんだろう、と思った直後、花城はすごい勢いで足をバタバタし始めた。

「は、花城？」

「〜〜〜」

悶絶《もんぜつ》したような声が漏れている。どうやら相当嬉《うれ》しかったようだ。これは照れ隠しのつもりらしい。

バタ足は少しもペースが衰えることなく、数秒間続いた。終わるときは電池が切れたみたいにピタッとやんだ。

花城はゆっくりと身体《からだ》を起こす。前髪が額《ひたい》に張りついて、呼吸が荒くなっていた。

「……五年分くらい喜んだかもしれない」

「はは。読んだ甲斐《かい》あったよ。花城さえよければいつだって読むよ。やっぱり、漫画家を目指すなら人に見てもらったほうがいいと思うしさ」

「そんな、目指してるってほど本格的に描《か》いてないよ。たまにダメ元で賞に応募する程度だから……」

「そうなの？　もったいないなぁ。面白いのに」

「そんなこと……」

もごもごと口籠《くちごも》りながら、花城は顔を逸《そ》らす。また耳の先が赤くなっていた。

花城が落ち着きを取り戻したのを見計らって「ところで」と僕は話を切り出す。

「一つ、訊《き》きたいことがあるんだけど」

「ん、何？」

「以前、ウラシマトンネルの中で見つけた大量の紙きれ……あれは、花城が描いた漫画？」

花城の目が微《かす》かに見開かれる。けどそれも一瞬で、すぐに居住《いず》まいを正してこくりと頷《うなず》いた。

「うん、そう。全部、私が小学生のときに描いたやつ」

「やっぱりか……」

大量にあった紙きれの正体が漫画なのは、なんとなく分かっていた。問題は、あれが花城にとってどういうものなのか、ということだ。

「あのときはごめん。私、かなり面倒くさかったよね……」

「いいよ。もう過ぎたことだし。それより、教えてほしい。結局のところ、あの漫画はなんだったの？」

花城は観念したような面持ちで、静かに答えた。

「あれは、親に捨てられた漫画なの」

「捨てられた？」

「うん。一〇歳の頃《ころ》にね、授業中に漫画を描いてて先生に注意されたのが、家庭訪問のときにバレちゃって。つまらないことはやめなさいって、今まで描《か》いたやつ、全部、目の前で親に捨てられたの」

「……それはキツイね」

「一枚一枚、頑張って描いたからね。もうわんわん泣いて、親とは大喧嘩《げんか》した。だから、それ以来当てつけのつもりで見せつけるように描いてやったの。他の人には黙ってたけど、漫画を描くのだけは絶対にやめなかった。私が島流しにされたのも、元を辿《たど》ればたぶんそれが原因」

「そうだったんだ……」

なんとも心苦しくなる話だった。花城《はなしろ》がトンネルに散らばった漫画を必死に拾い集めた理由が、今なら分かる。でも、漫画を描くことに否定的な親のもとにいながら、自分のやりたいことを決して曲げなかった彼女の熱意は、とても尊いものに思えた。

「そんなに漫画を描くのが好きなら、別に隠すことなかったのに」

「好きだからこそ、言いたくなかったのよ」

「そういうもんかな」

「そういうもんよ」

噛《か》みしめるような返事だった。

少しの間を置いて、花城は不思議そうに言った。

「……でも、なんであの漫画がウラシマトンネルに現れたんだろ」

「え？　それは花城が取り戻したいと思ってたからでしょ？」

「取り戻し……たかったのかな」

「いや、僕に訊《き》かれても」

「正直、未《いま》だによく分からないの。あの漫画をトンネルの中に置いていくことは絶対にできなかったけど、欲しいとか取り戻したいとはまた違ってて……やっぱり、よく分からない」

「ふうん……？」

曖昧《あいまい》な返事をする。僕はなんとなくベッドにもたれて宙を見上げた。

あ、と声が漏れた。

花城は少し驚いたふうに僕を見る。

驚いたのは僕も同じだった。

「どうしたの？」

「いや、なんでもないよ。なんでも……」

そう口で言いながら、僕は頭をフル回転させていた。

何か。曇り空に瞬く稲光のような、そういう、気づきがあった。

よく思い出せ。たぶん、とても大事なことだ。何かが、繋《つな》がったような感じがしたのだ。

脳内に散らばったピースをかき集めて、押しはめて、違ったらまた別の形で試してみる。

そして、一つの推論を導き出した。

「あれか……？」

ウラシマトンネルで見つけたものには共通点がある。

『欲しいものがなんでも手に入る』ではない。手に入るものは、僕たちが過去に――。

そこまで思い浮かんだところで、玄関から扉が開く音が聞こえた。叔母《おば》さんが帰ってきたみたいだ。壁に掛けられた時計を見ると、もう夜の七時だった。

さっきの思いつきは、花城《はなしろ》には言わないほうがいいだろう。確信には至っていないし、余計な憶測で混乱させてもよくない。

僕は立ち上がった。

「じゃあ、そろそろ帰らないとな」

「そ、そう」

目に見えて花城は肩を落とす。そんな顔はしないでほしい。

「今度、会う予定だけ決めておこうか。次はウラシマトンネルの何を調べるか、花城は決めてる？」

「いや、もう、調査はやめにしようと思って。することも思い浮かばないし」

ずれた肩紐《かたひも》を直して、花城は真剣な眼差《まなざ》しで僕を見た。

「次は、本格的な探索にしようと思う」

本格的な、と僕は繰り返す。

「塔野《とうの》くんはカレンちゃんを取り戻すために、私は特別になるために。互いの目的を達成するまで、外には戻らない」

僕は固唾《かたず》を呑《の》んだ。ようやくこの時が来たのか。

「決行日はもう決めてる？」

「うん。八月二日にしようと思ってる」

「分かった、八月二日ね。……ちなみになんでその日？」

「別に……理由はないよ。適度に日にちを置いたほうがいいと思ったから」

たしかに、色々と準備をする必要がある。トンネルに入るときの持ち物もそうだし、抜けたあとのことも考えなければ。

細かい準備は後々メールでやり取りすることにして、僕は花城の部屋から出た。玄関で靴を履いて、扉を開ける。

「それじゃあ、またね」

「あの、塔野くん」

「ん？」

花城はもじもじしながら何か言いかけて、しかし口を噤《つぐ》んだ。

「……ごめん。なんでもない。それじゃあね」

「うん。それじゃあ」

ガチャン、と扉を閉める。

最後に見えた花城《はなしろ》の顔はちょっぴり悲しそうで、僕は胸がキリリと痛んだ。

探索まで一週間を切ったその日の朝。部屋でごろごろしていると、花城からメールが来た。

『川崎《かわさき》にお祭りに誘われちゃったんだけど、塔野《とうの》くんは来る?』

この時季のお祭りというのは、隣町で催される花火大会のことを指す。六千発を超える花火が打ち上げられる地元最大の人気イベントで、毎年各地から大勢の人が集まる。カレンが生きていた頃《ころ》に僕も行ったことがあった。

そういや、今日がその花火大会か。

行きたいかどうかというと、別にそうでもない。というかあんまり行きたくない。人混《ひとご》みは苦手だ。

メールフォームを開いて『ごめん。僕はいいよ』と入力。あとは送信ボタンを押すだけ……なんだけど、なかなか指が動かなかった。ある二つの要因が僕を迷わせている。

まず、花城のメールの文面を見ると『塔野くんも来る?』ではなく『塔野くんは来る?』になっている。この『は』の一文字から花城の迷いが読み取れる。これは推測で、さらに傲慢《ごうまん》な考えかもしれないけど、たぶん花城は川崎さんと二人で行くのに抵抗があって、僕に合わせるつもりでいるのだ。僕が行くなら行くし、行かないなら行かない。

川崎さんのことを考えると、ちょっと気の毒で断る気になれない。これが一つ目の要因。

二つ目は、以前加賀《かが》に誘われたときと同じで「最後になるかもしれないし行ってもいいかな」という僕のお情けみたいな感情に起因していることだ。

「どうしよっかなぁ……」

ベッドから落ちない範囲で僕は転がる。すると一階から、トイレの扉を開く音が聞こえた。父さんだ。今日は平日だけどなぜか家にいる。以前の振替休日か、あるいは有給休暇でも使ったのだろう。なんにせよ、あまり顔を合わしたくないものだ。

「……よし」

僕はさっき作成したメールを削除して、新たに作り直した。

『行く。集合場所と時間はどうする？』

送信。

父さんに絡まれたら面倒だし、行ってみよう。

そうと決まれば早速準備だ。僕は部屋を出て父さんのいる居間に向かった。

父さんは座布団に座ってつまらなさそうにテレビを観《み》ていた。僕は軽く深呼吸してから「父さん」と呼ぶ。

「ん……なんだ、カオル」

「今夜、ちょっと出かけるから」

「あー……そうか。いつまでだ」

「日が変わるまでには帰るよ」

「飯は、どうする」

「食べて帰る」

「分かった。気をつけてな」

頷《うなず》いて、僕は自室に戻った。そして、あれだけ長くまともに会話が成立したことに驚いた。

最近の父さんはなぜか機嫌がいい。前までは話しかけてもろくに返事すらしなかったくせに、今日は夕食の有無まで訊《き》いてきた。それに、気をつけてな、なんて。そんな台詞《せりふ》、カレンが死んでから一度も訊いたことがなかった。今思えば、僕がウラシマトンネルの調査で外泊すると言い出したときも、そして帰りが大幅に遅れたときも、父さんは不満一つ言わなかった。

何か、いいことでもあったのだろうか。

少し考えて、別にどうでもいいか、と考えることを放棄した。


空が朱色に変わる頃《ころ》、僕は花城《はなしろ》に指定されたバス停に到着した。

普段ならお年寄りが一人待っているのも珍しいくらいのバス停に、今日は行列ができていた。たぶん、みんな花火会場へ行く人たちだ。何人か浴衣《ゆかた》や甚平《じんべい》を着ている。その中に花城と川崎《かわさき》さんの姿はなかった。

出発の五分前だからもう来ているはず。そう思って辺りをきょろきょろしていたら、後ろから肩を叩《たた》かれた。

振り向くと、花城が立っていた。今日は淡い青色のワンピースを着ていた。

「待った？」

「いや、僕もさっき来たとこだよ」

「そっか。川崎はまだ来てないの？」

「うん。まだっぽいけど……あ」

車道を挟んだ向こう側の歩道に、浴衣姿の川崎さんを見つけた。川崎さんはこちらに気がつくと、横断歩道を渡り、かっこかっこと下駄を鳴らしてやって来た。

金魚の刺繍《ししゅう》をあしらった桃色の浴衣を着た川崎さんは、僕を見るなり露骨に顔を歪《ゆが》めた。

「げ。なんで塔野《とうの》まで」

え。伝えてなかったのかよ。

「私が誘ったの。二人より三人のほうがいいと思って」

「そうなの？　まぁ、あんずが誘ったんなら別にいいけど……」

「あんず？」

たしか、花城の名前だ。

「川崎が私を名前で呼ぶって言って聞かないから」

花城《はなしろ》が補足した。なるほど、そういう事情があったのか。

「もうすっかり仲良しだな」

まったく茶化す意図はなかったのだけど、花城に肩を殴られた。

しばらくしてバスが来た。三人で車内に乗り込む。中はすでに、ほとんどの座席が埋まっていた。花城と川崎《かわさき》さんはなんとか横向きのシートに並んで座れたけど、僕は立ちっぱなしだ。

扉が閉まって、バスが動きだす。

「ねえ、この浴衣《ゆかた》どう?」

川崎さんが花城に訊《き》いた。

「塔野《とうの》くんはどう思う?」

花城が僕に訊いた。なんてパスだ。

「に、似合ってると思うよ」

「私も同じ感想」

「……やっぱあんたら、付き合ってんでしょ」

川崎さんが僕を上目遣いで睨《にら》む。僕も花城も、否定はしなかった。

信号でブレーキがかかり、ガクン、とバスが大きく揺れる。僕はバランスを崩して危うく倒れそうになるのを、吊革《つりかわ》を掴《つか》んで体勢を立て直した。セーフ。川崎さんはそんな僕の姿を見て、呆《あき》れたようにため息を吐いた。

「あんず、こんなやつのどこがいいの？」

「こんなやつ？」

「うん。ぼけっとして頼りないいなくない？　顔もそれほどいいわけじゃないし——」

「そんなこと言わないで」

花城が切っ先を向けるような冷たい声を放つ。川崎さんは「う」とたじろいで、僕に話を振った。

「じゃ、じゃあ塔野はあんずのどこに惹《ひ》かれたわけ？」

「え？　僕？」

「あ、それは私も気になる」

どうなの、と二人がじっと僕を見つめる。これはちょっと困ったことになった。

「いやー……そういうのを口で言うのはちょっと」

「何もないの？」

花城がしょぼんと眉《まゆ》を曇らす。これは何かしら答えておかないと後を引きそうだ。

僕は頭を回転させて、できるだけ無難でクサくない台詞《せりふ》を絞り出した。

「……に」

「に？」

「匂《にお》い、かな」

川崎《かわさき》さんは顔を引《ひ》き攣《つ》らせて自分の身体《からだ》を抱《だ》いた。これはちょっとワードのチョイスを誤ったかもしれない。

「やだ。なんか、それ、キモいっていうかいやらしいんだけど。塔野《とうの》ってそんな目……ていうか鼻？　で女子の判断してんの？」

僕は手をぶんぶん振って否定する。

「そ、それは誤解だよ。一人ひとり匂《にお》いを嗅《か》いでるわけじゃなくて、花城《はなしろ》はたまたま」

「たまたま匂いを嗅ぐってどんな状況？　ちょっと詳しく聞かせなさいよ」

「川崎さんが思ってるようなことじゃないから……花城からもなんか言ってくれよ」

花城は自分の身体を嗅ぎながら、不安そうに訊《き》いた。

「私、匂う？」

バスを降りてからは、歩いて花火会場を目指した。

辺りはもう暗い。幸い、今夜は快晴に恵まれて、空には雲ひとつ見当たらなかった。花火はこの先にある一級河川の向こう側から打ち上げられる。僕たち一般人は川のこちら側から花火を眺める形となり、出店もこちら側の川沿いに並んでいる。バス停から花火会場までさほどの距離はなく、今も渋滞した車の排気音に混じって祭りの喧騒《けんそう》が聞こえていた。

横断歩道を渡って少し歩くと、カステラの甘い匂いが鼻を掠《かす》めた。

「二人とも、具体的な予定とかあるの？」

歩きながら僕が訊くと、花城は首を横に振った。次いで川崎さんが答える。

「私も別に決めてないけど、最後にスーパーボールすくいだけやりたい」

「ああ。あれ楽しいもんね」

川崎さんは怪訝《けげん》な表情を浮かべて、それからすぐに顔を赤くした。

「ちっ、違うわよ！　私がやりたいんじゃなくて、弟が景品欲しがってんの。あの、イガイガの付いたカラフルなボール」

そういやそんなのあった。あれ一週間くらいで穴が開《あ》いて使い物にならなくなるけど。

「前も思ったけど、川崎さんって意外と弟思いだよね。一緒に遊んであげてたし」

「意外とって何よ、失礼ね……。そういや、あんずは兄弟とかいるんだっけ？」

「私は一人っ子」

「へー、そうなんだ。私も一人っ子がよかったなぁ」

「そう？　弟とか妹とか、私はちょっと憧《あこが》れるけど」

「いやー結構面倒くさいよ？　遊んでってせがまれるし、一緒にお風呂《ふろ》入ってあげないといけないしさー」

「お、お風呂もなの？」

僕以外の人と普通に会話している花城を見ると、なんだか安心する。はねっ返りですぐ拳《こぶし》で語りたがる花城《はなしろ》が、よくここまで社交的になれたものだ。子供の成長を見守る親みたいな心境になる。できるだけ僕は話に入り込まず、見守るように二人の後ろを歩いた。

花火会場の中心に近づくほど人混《ひとご》みは激しくなった。出店の数も多くなり、唐揚げの油や焼きそばのソースといった香ばしい香りが辺りに漂い始める。

くるる、とアニメみたいなお腹《なか》の鳴る音が聞こえた。

花城が「川崎《かわさき》……」と非難するように言う。

「いやいや！　お腹鳴ったのは私じゃなくてあんずでしょ！」

もう、と川崎さんは少し怒ったふうに腰に手を当てる。花城、さらっと恥を擦《なす》りつけようとしたな……。

「お腹空いてるならなんか買お。花火までまだ時間あるし」

川崎さんが提案する。携帯を見ると、時刻はちょうど七時だった。打ち上げは八時からだ。

とりあえず道なりに歩いて、適当な出店を見て回った。

少し進んで、花城が足を止めた。物珍しそうな顔をして出店のイカ焼きを見つめている。

「うわ……イカが丸焼きにされてる……」

「そりゃイカ焼きだからね。もしかして、見るのは初めて？」

僕が訊《たず》ねると、花城はこくりと頷《うなず》いた。

「テレビで見たことは何度かあるけど、お祭りとか、今まで行ったことなかったから……」

「そうなんだ」

東京ではあまりお祭りをやらないのだろうか。それとも、連れて行ってもらえなかったとか？

「イカ焼きって美味《おい》しい？」

「うん。買ってみたら？」

「でも、たこ焼きも食べたいし……」

やけに真剣な表情で悩む花城に、川崎さんが「じゃあさ」と声をかけた。

「両方買っちゃえば？　たこ焼きのお店も近くにあるし。私もお腹空いてるから、並んできてあげてもいいけど」

「そう？　じゃあ、たこ焼きお願いしていい？」

「いいよ」

花城がお金を渡すと、川崎さんは向かいの店にたこ焼きを買いに行った。こちらでは花城が出店のおじさんに「一つください」と言ってイカ焼きを買う。

ソースの香りを間近で嗅《か》いでいると、僕もお腹が減ってきた。そういえば、ここへ来る途中に焼きそばの出店があったはずだ。

「花城、僕ちょっと焼きそば買ってくるよ」

「分かった。川崎が来たらテントの中で待ってる」

「はいよ」

踵《きびす》を返して焼きそばの店へ向かった。

運良くこちらも空いていたので、焼きそばはすぐに買えた。お代は四百円。イカ焼きの店の前に花城《はなしろ》がいなかったのでテントを覗《のぞ》くと、すでに二人とも座って食事を始めていた。花城は美味《おい》しそうにイカ焼きにかぶりついている。お気に召したようだった。

僕は腰を下ろせる場所を探した。テントは出店《でみせ》と出店の間に設けられた簡素なもので、二人がけの椅子《いす》が三脚しかない。今はすべての席が埋まっていた。

仕方なく立って焼きそばを食べようとしたら、花城が「ちょっと待って」と言った。

「川崎《かわさき》、もうちょっとそっち寄れる？」

「こう？」

「ありがと。はい、塔野《とうの》くん」

花城は席を詰めてできた三〇センチほどの空間を、ぽんぽん、と叩《たた》いた。

僕はお礼を言って座らせてもらった。座り心地はあまりいいとは言えないけど、立っているよりマシだ。ありがたい。ただ、花城と僕の肩が密着しているせいで、少々落ち着かなかった。

僕は焼きそばのパックを開《あ》けて箸《はし》を突っ込み、ずぞぞ、と麺《めん》を啜《すす》る。ソースがべちゃっとして味が濃かったけど、やけに美味しく感じられた。

「塔野くん、塔野くん」

ちょんちょん、と肩をつつかれて振り向くと、花城が爪楊枝《つまようじ》で刺したたこ焼きをこちらに向けていた。でもってニヤニヤしながら「あーん」と言う。

「いや、僕は……」

遠慮するよ、と言おうとしたら、花城の隣にいる川崎さんに睨《にら》まれた。食え、と言いたいらしい。怖い。

仕方がない。僕は思い切ってたこ焼きを頬張《ほおば》った。

「あっ！　あっふ！　あふいあふい！」

「あはは」

花城と川崎さんが笑う。楽しそうで何よりだ。いやでもちょっとこれマジで熱い……。

口の中でたこ焼きを転がしながらなんとか完食する。舌がひりひりした。

「ごめんね、提案したのは川崎だから」

「貴重なあーんなんだから、ちゃんと味わいなさいよ」

正直熱すぎて味とか全然分かんなかったけど、とりあえず頷《うなず》いといた。

焼きそばを半分くらい食べ終わったところで、花城が立ち上がった。

「ちょっとジュース買ってくるけど、なんか飲みたいものある？」

「私も行こうか？」

「いや、二人も席を離れたら座れなくなるかもしれないし、私が買ってくるよ」

「そう？　じゃあ、私はチェリオのコーラ。なければ普通のコーラでいいよ」

「僕はライフガードで。なかったら右に同じ」

じゃあ行ってくる、と言って花城《はなしろ》はテントから出ていった。

「花城、変わったなぁ……」

「ホントね……」

珍しく、というかたぶん初めて川崎《かわさき》さんと意見が合う。

「変わったっていえば、川崎さんもそうだと思うよ。以前に比べてずっと丸くなった」

「それは……そうね、自覚はあるわ。あんずが来てから、色々と変わっちゃった」

そう言って川崎さんは微笑《ほほえ》んだ。

花城が転校してきてから最も大きな変化を遂げたのは間違いなく川崎さんだ。その変化が彼女に恩恵をもたらしたかはまだ判然としないけど、人間的には成長していると思う。少なくとも僕は、怖いより優しいほうがいい。

「……あんずには感謝してるわ。いつか、ちゃんとしたお礼がしたい」

崇敬《すうけい》の眼差《まなざ》しで中空を見上げる川崎さんを見て、僕はちくりと胸が痛んだ。その痛みを誤魔化すように、残った焼きそばを一気にたいらげる。

それから少しして花城が戻ってきた。また三人で喋《しゃべ》りながらジュースを飲み、小腹が空いてきたらカステラを買ってきて三人で分けて食べた。

一発目の花火が打ち上がるまで、僕たちは花火のことを完全に忘れていた。

「やばっ。土手のほう、もう人でいっぱいかも。早く行こう」

残りのカステラを口に押し込んでジュースで流し込み、僕たちは土手へ向かった。ゴミは途中のゴミ箱に捨てた。

川崎さんが予想したとおり、土手は人でいっぱいだった。立てないほどではないにせよ、どこもブルーシートが敷かれている。僕たちは人が少ない空間を探して人混《ひとご》みの中を彷徨《さまよ》い歩き、なんとかして三人座れそうな空間を見つけだした。

川崎さんがポーチからシートを取り出して地べたに広げる。元々二人分を想定していたようだけど、難なく三人で座れた。

満を持して、僕は空を見上げる。

ドン、と心臓をノックするような轟音《ごうおん》。極彩色の閃光《せんこう》が空を彩った。明滅する火の粉は、ぱららら、と音を発しながら、目に残像を焼きつけて暗闇《くらやみ》に溶けていく。花火は次々に打ち上げられ、夜闇を照らし続けた。

「綺麗《きれい》……」

隣に座る花城が小声で呟《つぶや》く。

ひゅるる、と花火が上がり、意外なほど長い間を置いて、爆《は》ぜた。元気なメダカのように閃光が空を泳ぐ。歓声が上がる。火花が尾を引いて落ちてゆく黄金色の柳《やなぎ》。次に大輪が咲き、無数の花火が重なる。牡丹《ぼたん》が咲き、蜂《はち》が飛び、ナイアガラの滝が流れる。そして演目はスターマインに移行する。

ぴと、と右手に柔らかいものが触れた。

花城《はなしろ》の手だ。

普段ならドキドキして身体《からだ》が強張《こわば》るだろうに、僕は驚くほど自然にそれを受け入れられた。探るようにシートの上に手を這《は》わせ、指を絡めた。接触面積が増え、体温が混ざった。

締めの特大花火が一面を照らす。

夢を見ているかのようだった。


「あー、感動したー」

隣を歩く川崎《かわさき》さんが背伸びをする。

花火大会が終了して僕たちは帰路についていた。来たときに比べて人混《ひとご》みは大分マシになっている。だけど出店はまだまだ盛況で、あちこちから活気のある売り言葉が聞こえていた。

「すいません、一回お願いしまーす」

川崎さんがスーパーボールすくいの出店のおじさんに二百円を払う。ポイと受け皿を受け取ると、彼女は水槽の前にしゃがみ込み、意気揚々と腕まくりをした。

「よっし。目標百個ね」

花城が少し驚いたふうに「そんなに取れるの?」と訊《き》いた。

「私これめっちゃ得意なの。小学生のときからすくった数で負けたことないんだよねー」

やっぱ川崎さんがやりたいだけなんじゃ……とは口にしないでおいた。

「ふーん……。私、やったことない」

「え、そうなの？　じゃあ一緒にやろ。おじさんポイもう一個。いい？　コツがあってね、まずは紙を濡《ぬ》らしておいて――」

二人がスーパーボールすくいに夢中になっている間、僕は瞼《まぶた》の上から目を揉《も》んでいた。長いこと花火を直視していたせいか、目に疲労が溜《た》まっていた。目の奥がじんじんと痛み、軽い頭痛もしている。今日は家に帰ったら早めに寝たほうがよさそうだ。

目頭を押さえて空を仰《あお》いでいると、一人の女性が視界の端を横切った。

ただ横切っただけだ。それなのに妙な違和感を覚えた。

僕は女性の後ろ姿を目で追う。浴衣《ゆかた》を着て、髪を後ろで結わえている。年は分からない。その人の顔をたしかめなければならない、という根拠のない使命感が、僕の中に生まれた。

気づけば僕は走りだしていた。その女性を見失わないよう必死に走った。

女性との距離を縮めていくにつれ、得体の知れない感情は明確な形を持ち始めた。

熱情……信頼……既視感……懐かしさ？

女性が足を止めた。隣に立つ四〇代くらいの男性と会話を始める。

顔が見えた。

「あ――」

目を擦《こす》って、二度見した。

その女性は母さんだった。

五年前に蒸発したはずの、僕の母親だった。

なぜ。どうしてここに。いや。いてもおかしくはない。蒸発しただけで死んだわけではないのだ。離婚の手続きは母さん方の祖父母を通して済ませている。どこかで会う可能性は十分あった。それより、話しているあの人は誰《だれ》だ。新しい交際相手？　二人とも楽しそうだ。母さんは笑っている。

で、僕は。僕はどうすればいい？　……いや、どうすればいいって。何も言わず見て見ぬふりして帰る。それしかないだろう。二人の幸せを邪魔するべきではない。

でも、本当にそれでいいのか？　何も訊《き》かなくていいのか？　あの人が何を思って姿を消したのか、僕のことを恨んでいるのか、とか、何も――。

母さんがこちらを向いた。

僕と目が合った。

「――」

祭りの喧騒《けんそう》が遠のく。

周囲がスローモーションになって、強靭《きょうじん》な意識の糸が僕と母さんを繋《つな》いだ。

お互い微動だにせず見つめ合う。

永遠のような数秒の後。

母さんは、恐怖に顔を歪《ゆが》めた。

片頬《かたほお》が吊《つ》り上がる。今にも叫びだしそうに、口の輪郭が震える。まるで猛獣と同じ檻《おり》に入れられたみたいな怯《おび》え方。

それはどんな言葉よりも雄弁な拒絶だった。

母さんの目に映る僕は、おそらく恐怖の対象かトラウマそのもの。あるいは忘れたい存在。

直《ただ》ちにここから去るべき、との判断が脳から下され、僕は静かに踵《きびす》を返した。

勝手に消えてごめんなさい、とか、あなたのことは恨んでいない、とか、そんな言葉を求めていたわけではない。ただ、無性に、裏切られた気分だった。

足元がふわふわする。ひどいめまいもした。歩いている最中、何人もの人にぶつかって誹《そし》りを受けた。前はちゃんと見えているのに、脳が情報を受け付けなかった。

「塔野《とうの》くん？」

気づけば、目の前に花城《はなしろ》が立っていた。

「どうしたの？　急に走りだして……。すごく顔色悪いけど、大丈夫？」

「花城……」

僕はゆっくりと花城に近づいて、正面から抱《だ》きしめた。

「と、塔野《とうの》くん？」

腕に力を込めて全身を強く密着させる。花城《はなしろ》にしがみつく。そうでもしないと、渦巻く感情に心を呑《の》まれて自分を見失いそうだった。自分を繋《つな》ぎ止める縁《よすが》が欲しかった。

強張《こわば》っていた花城の身体《からだ》から、徐々に力が抜けていく。花城の体温が、柔らかさが、身体に浸透して重みとなり、僕をその場に留《とど》めてくれる。

どのくらいそうしていただろう。五秒か、一〇秒か、もしくは一分。ようやく心が落ち着いてきて、僕は身体を離した。そして紅潮した花城の頬《ほお》を見て、顔が熱くなった。

これじゃ急に情欲を催した人みたいじゃないか。公衆の面前で何をやっているんだ、僕は。

「ご、ごめん。ちょっと、なんていうか、魔が差してね……」

「大丈夫なの？」

花城が心配そうに言う。本気で僕の身を案じてくれているようだった。

顔の熱が引いていく。代わりに訪れたのは、ここにいてもいいんだ、と思える安堵《あんど》感だった。

「……ああ、もう大丈夫。行こう、川崎《かわさき》さんが待ってる」

「本当に……？」

「うん。花城のおかげで回復したよ。ありがとう」

川崎さんの元へ向かう。

歩きながら僕は、もう二度と会わないであろう母さんに、心の中で別れを告げた。

帰りのバスは空いていた。僕たちは一番後ろの席に三人並んで座っている。窓側の僕は、ぼんやりしながら花城と川崎さんの会話に適当な相槌《あいづち》を打っていた。

とても疲れていた。目だけでなく身体も。体力がなくなったというより、気力を使い果たした感じだった。

今になって思うと、僕は蒸発した母さんに期待していたのかもしれない。カレンを失った悲しみから立ち直れたなら、母さんは家に帰ってくる。そんな甘い幻想を心の奥深くで抱《いだ》いていたのだ。だから拒絶されてこれほどショックを受けている。

母さんが蒸発した時点で折り合いはつけていたはず。それなのに少し顔を合わせただけでこのザマだ。やはり血の繋がりというのは容易に切れるものではないのか。

今日、母さんと出くわしたのはひょっとすると血の繋がりが結んだ縁《えん》なのかもしれない。だとすると、母さんとは比べ物にならないほど強い繋がりを持つカレンとも、また会えるかもしれない。そう考えると、少しだけ胸がすっとした。

……いや、会えるかもしれない、ではないな。

絶対に会うのだ。

この夏休みにウラシマトンネルに入って、カレンを連れ戻す。

それこそが、僕の使命だ。

花城《はなしろ》と川崎《かわさき》さんを見送ったあと、駅からタクシーを拾った。家に着いたのは一〇時くらいだ。

扉を開けて玄関に入ると、見慣れない靴が目に入った。

白いハイヒール。明らかに女物だ。

来客だろうか。父さんが家に人を呼ぶのは初めてだ。

邪魔にならないよう、忍び足で廊下を歩く。すると、居間の扉が開いて、中から父さんが顔を出した。

「おお、やっと帰ってきたな、カオル」

お酒を飲んでいるのか、父さんの顔は少し赤くて、表情筋は脱力しきっていた。機嫌がいいな、ということが一目で分かる。最近ずっとそんな感じだったけど、今は特にだ。

「何ぼーっとしてるんだ。ほら、ちょっとこっち来い」

「え……うん」

言われるがまま居間に入ると、畳の上に正座する一人の女性と目が合った。三〇代くらいの年で清楚《せいそ》な見た目をしている。白い肌は作り物めいた光沢を放っていた。

初めまして、とその女性に挨拶《あいさつ》されて、僕は「どうも」と返した。

テーブルの上に目をやると、出前の寿司《すし》とビール瓶が並んでいた。寿司は半分ほどに減っていて、ビール瓶はすでに二本が空だった。

「まぁ、とにかく座れ」

「え？」

「座るんだよ。ここだ」

乱暴に肩を掴《つか》まれて畳の上に座らされる。

同席しろと言うのか。唐突すぎてわけが分からない。

父さんは僕の隣に座ると、愉快そうに笑って僕の肩を抱《だ》いた。酒臭くて暑苦しかった。

「こいつが息子《むすこ》のカオル。香崎《こうざき》高校に通う二年生」

「へえ、なんだか真面目《まじめ》そう」

「ああ。家事は炊事洗濯なんでもできる。ちょっと放浪癖があるけど、自慢の息子だよ」

ははは、と豪快に笑う父さん。

「ほら、カオル。腹減ってるんじゃないのか？　寿司食え、寿司。なんでも取っていいぞ」

「いや、僕は……」

「腹減ってないのか？　お前は昔からそうだな。金が掛からなくて助かるよ」

「……」

声も、言葉も、態度も、表情も、すべてが白々しかった。この人はいい父親を演じているだけだ。一人だけで仮装パーティを開いている。

どうしてこんな仲の良さを見せつけるような芝居をするんだろう。この場に僕を呼んだ理由は？　そもそもこの女性は父さんのなんなんだ？　明らかに父さんより若いのにどうしてタメ口を使っているんだ？　遠い親戚《しんせき》？　会社の同僚？　友人？

疑問がとめどなく湧《わ》いて思考を埋め尽くす。

「ああ、そういや紹介が遅れたな」

やっと父さんの手が肩から離れる。

「この人な、お前の新しい母さんだ」

……母さん？

この人が？

「いつか話そうと思っていたんだ。だけど、ほら、俺も仕事が忙しくてな。なかなかタイミングが合わなかっただろ？　だから、急で悪いけど、まぁ、そういうわけなんだよ」

そういうわけ？　そういうって、どういう？

「仕事場で前から顔は合わせていたんだ。本格的に付き合い始めたのは一か月くらい前で――何度か食事を――この人も一度離婚してて――お前が家出したとき――支えて――」

話の内容がまったく頭に入ってこない。

猛烈に頭がぐるぐるする。気持ち悪い。なんだこれ。ただでさえ今日はショックな出来事があったのだ。ちょっと休ませてほしい。

僕がなんの反応を示さなくても、会話は続行された。

「まぁともかく飲もう」「健康診断で引っかかったんじゃないの」「今日は特別だ一日くらい大丈夫」「そんなこと言って」「いいからいいからほらお前も」「ああもう」「また二人で海鮮食べに行こう」「今の仕事が落ち着いたらね」「あれくらいすぐ」「海外旅行にも」「お金が貯まったら新車を」「老後は二人でゆっくり」「新しい趣味」「家」

前からいる父さん。新しい母さんになる予定の人。

二人が描く平和な未来像に、僕の姿はどこにもなかった。

他人と他人は愛があるから家族になれる。子供は血が繋《つな》がっているから家族になれる。なら、愛もなければ血も繋がっていない僕は、一体何になる？

「――それでな、近々引っ越そうと思うんだ」

「……え？」

僕の疑問をよそに、父さんは興奮気味に言った。

「もう転職の話も進めてる。香崎《こうざき》を離れてマンションに住むんだ。家は小さくなるが、あっちのほうが色々と便利だ」

こくりと女性が大きく頷《うなず》く。

「この家を売ればまとまった金が手に入る。お前も進路のことは気にしなくていい。高校はもちろん、大学にも専門学校にも通わせてやれる。一人暮らしの資金だって用意できる。三人とも、新しい土地、新しい家で、やり直すんだ」

やり直す。

「新しい人生を、これから迎えるんだ」

頭の毛穴が発火したように開いた。

ふざけるな。カレンはどうなる。あの子は過去に取り残されたままなんだぞ。血の繋《つな》がった娘を失っておきながらのうのうと生きるなんて、それがどれだけおこがましいことなのか分かっているのか。

ずっとずっと悲しみ続けて、悔み続けなければならない。記憶に刻みつけておかないといけない。でないと、カレンの存在が、本当に、この世界からなくなってしまうじゃないか。

この薄情者。

思いっきり罵《ののし》ってビール瓶で殴りつけてやりたい。テーブルをひっくり返して襖《ふすま》をぶち抜いて、怒りに任せて何もかもをめちゃくちゃにしてやりたい。

でも、僕は自分の手を強く握ることしかできなかった。怒り方が分からなかった。すべての衝動は「たい」で終わって、怒りはひたすら内へと溜《た》まる。実行に移せなかった言動は涙になって目から染み出した。

「おい、どうした、カオル？　……お前、泣いてるのか」

心配そうに父さんがこちらを覗《のぞ》き込んでくる。見るな。

「大丈夫？　具合でも悪いの？」

あんたには関係ない。よそ者。

「……そうか、カオル」

肩を手に乗せる。だから、触れるな。

「安心しろ。不安は多いだろうが、三人ならそれも乗り越えられる。だから、な？」

希望に満ち溢《あふ》れた顔で笑いかける父さんを見て、僕は悟った。

……そうか。父さんは、なかったことにしたいんだ。

カレンの死も、母さんの蒸発も、僕への仕打ちも、すべてなかったことにして未来へ逃げようとしている。僕に怯《おび》えていた母さんと同じだ。元とはいえ、やはり夫婦か。

沸騰寸前の頭は一気に氷点下まで冷える。直後、凄《すさ》まじい吐き気に襲われて、僕は。

盛大に吐いた。

「きゃあ！」

女性が悲鳴を上げる。

茶色い吐瀉物《としゃぶつ》が畳の上にほとばしった。祭りで食べた焼きそばとカステラとライフガードの混ざったそれを吐ききっても、僕はさらに水のような反吐《へど》を吐き続けた。

「なっ、何やってんだお前はぁ！」

優しい父親を演じるのも忘れて父さんは僕を突き放す。

僕は胃が空っぽになるまで吐いたあと、事後処理もせずに居間から逃げ出して自室に閉じこもった。口元を大量のティッシュで拭《ふ》き、頭から布団を被《かぶ》る。いくら暑くても、そうしていないと落ち着かなかった。

ただただ気持ち悪くて仕方がなかった。したり顔で未来を語る父さんも、それをさも崇高《すうこう》な教えであるかのように聴くあの女性も、ひたすら不快でしかなかった。あと一秒でもあの場に残っていたら僕はどうにかなっていただろう。思い出すだけでも気分が悪くなる。

胃液で焼けるような喉《のど》を唾液《だえき》で冷ましていると、ブブ、とポケットに入れた携帯が震えた。

父さんだろうか。うんざりしながら、一応目だけ通す。

メールは花城《はなしろ》からだった。

『今日はありがとう。楽しかった』

それだけの内容。だけど、憑《つ》き物《もの》が落ちたように気が楽になった。

花城には助けられてばかりだ。祭りでの一件も、花城がいなければ僕は平静を保っていられなかっただろう。断りもなく抱きつくほど他人を頼ったのは、生まれて初めてだった。

感謝以上の感情が胸の中で膨らんでいく。それを認識した途端、花城がたまらなく愛《いと》おしい存在に思えてきた。

僕は、こちらこそ、とお返しのメールを送信して、携帯を握りしめながら泥のような眠りについた。

ウラシマトンネル探索を明日に控えた八月一日。時刻はミンミンゼミが一番元気な朝一〇時。僕は勉強机に座って「家出をします」といった内容の手紙を書いていた。宛先は父さんだ。

この書き置きがないと僕がウラシマトンネルに入ったあと、警察が動く可能性がある。警察は失踪《しっそう》者に誘拐や遭難といった事件性が有りと判断すれば、大規模な動員を図って失踪者を捜す。しかしこうして家出の意思を認めておけば、事件性はなしと判断されて積極的な捜索は行われない。すべて花城から聞いたことだ。

僕たちが危惧《きぐ》しているのは、ウラシマトンネルの存在を他者に知られることだ。もし捜索隊なんかが僕たちを捜してウラシマトンネルの中に入ってきたら、どんな不具合が起こるか分からない。最悪、僕たちが欲しいものを手に入れる前に連れ戻されて、ウラシマトンネルの立ち入りを禁じられるかもしれない。それだけは避けねばならなかった。

もっとも、捜索願が出されたらの話なので、そこまで心配する必要はない。花城の両親はともかく、僕の父さんに限って積極的に僕を捜そうとはしないだろうから。

祭りがあったあの日、僕が居間で吐いてから父さんはあからさまに冷たくなった。気遣いの言葉どころか挨拶《あいさつ》もなくなって、時おり憎たらしそうな目でこちらを見てくるのだ。本格的な邪魔者扱いである。

しばらく消えるので、どうか許していただきたい。

「……さて」

手紙を書き終えて、僕はウラシマトンネルに持っていく物を確認する。

持ち物は床に並べてある。懐中電灯、腕時計、財布、カロリーメイト四箱、二・五リットル水筒。これらを登山用ザックに収納し、実際に背負ってみる。

重さは教科書を入れた通学鞄《かばん》の半分ほど。これに水筒の中身を追加してもまだ軽い。トンネルの向こう側では小走りないし早歩きでの移動になるので、荷物は最低限のほうがいい。これも花城《はなしろ》からの提案だった。教えてもらうばかりで申し訳なくなってくる。でも、それだけ賢い花城だからこそ、彼女の知恵を借りながら探索すればカレンを見つけられるはずだ。

カレンとの再会の時は近づいている。今日は明日に備えてゆっくり休もう。

早速ベッドに寝転がって漫画でも読もうとしたら、携帯が鳴った。メールではない。電話だ。

それも花城からだった。

「はい、もしもし？」

『あ、塔野《との》くん？　ごめんなさい、急に電話して』

「や、大丈夫。それよりなんかあった？」

『今から少し会えない？』

「うん、いいよ。場所はどうする？　トンネルの前？」

『いや……できれば、屋内がいいんだけど』

僕はちらりと時計を見る。

「それなら喫茶店にする？　ちょっと時間を遅らせて、昼ごはんでも食べながらさ」

『場所はどこ？』

「学校の近くにあるんだ。校門の前で待っててくれたらいいよ。時間は一二時くらいで」

『分かった。じゃあ、一二時に待ってる』

「はい」

通話終了。

話ってなんだろう。打ち合わせとかかな。最近ずっとメールでやり取りしていたし、探索の決行前にもう一度顔を合わせておこう、みたいな。

とにかく、行ってみれば分かるか。


アスファルトの照り返しは容赦なく肌を焼き、潮風は熱気を運んでくる。

蒸し風呂《ぶろ》のような暑さのなか、僕は約束の時間より三〇分も早く学校に着いた。電車の運行上、これより遅い電車だと一二時を過ぎてしまうのだ。まったくこれだから田舎は……とげんなりしながら僕は花城を待つ。

一〇分くらいして学校前にバスが停《と》まった。降りてくる乗客の中に花城の姿を見つける。僕が軽く手を振ると、花城は小走りでこちらにやって来た。

「ずいぶん早かったのね。待った？」

花城《はなしろ》はちょっぴり申し訳なさそうに言った。

「いや、さっき来たとこだよ」

「そうなんだ。じゃあ、行こっか」

頷《うなず》いて、僕たちは喫茶店へ向かった。

県道沿いの歩道を二人で並んで歩く。俯瞰《ふかん》すればスカスカの印象を受けるであろう周囲の町並みは、人よりも野良猫やカラスのほうが多く見られる。たまに軽トラが、ぶうん、と道路を通るくらいで、耳に入るのはミンミンゼミの鳴き声ばかりだ。

「言っちゃ悪いけど、ほんと清々《すがすが》しいくらいド田舎ね」

「はは……なんか申し訳ない気分になるな。引っ越してくる前はどんなとこに住んでたの？」

「普通の住宅街。たぶん、塔野《とうの》くんが思っているほど都会じゃないよ」

「そうなの？　じゃあ、放課後に原宿《はらじゆく》に遊びに行ってクレープ食べたりとかは？」

花城はくすりと笑う。

「何その具体的なイメージ。たしかにそういう人もいるっちゃいるけど、クラスに二、三人くらいじゃないかな。普通に遠いから」

「へえ、そうなんだ」

「うん」

短い返事をして、すぐに花城は「塔野くんは」と会話を続けた。

「学校から帰ったら、いつも何してるの？」

「いろいろかなぁ。漫画を読んだり、晩ごはんを作ったり」

「へえ、料理作れるんだ」

「まぁね」

「それじゃあ――」

話しながら僕は違和感を覚えていた。

花城の様子が少し変だ。いつもに比べてやけに明るいというか、よく喋《しゃべ》る。それだけならいい傾向なんだけど、なんだか沈黙を恐れているように見える。少し悪意のある言い方をすれば、僕の顔色を窺《うかが》っているような……。と言っても、本当に微々たる変化なので気のせいかもしれないけど。

鉄骨がむき出しのアーケードをくぐり、僕たちは寂れた商店街に入った。開いている店より閉じている店のほうが多い、いわゆるシャッター街だ。まったく繁盛していない帽子屋の脇《わき》から、野良猫がのんびりと前を横切った。

「こんなところに喫茶店があるの？」

「穴場があるんだよ。……あ。あそこ」

道端にあるキーコーヒーの看板を指差す。出入り口の側《そば》には、オムライスやナポリタンなどの食品サンプルを並べたガラス棚が設置されている。

扉を開くとカランコロンとベルが鳴り、カウンターに頬杖《ほおづえ》をついていたおばあさんが顔を上げた。この人がここのマスターだ。

「誰《だれ》もいないから自由に座りな」

マスターはそう言うなり、億劫《おっくう》そうに立ち上がって奥の厨房《ちゅうぼう》に消えた。

少し薄暗くて狭い店内を進み、僕たちは奥の席に座ってメニュー表を広げた。僕はオムライスを、花城《はなしろ》はミックスサンドイッチを注文して、食後にコーヒーを頼んだ。

運ばれてきた水を一口だけ飲んで、こと、とコップを置く。

「それで」「あのさ」

出だしが重なる。

僕は苦笑しながら花城に先に言うよう促した。

「えっと……この店にはよく来るの？」

「まぁ、そうだね。月に一回くらいの頻度で」

「一人で？」

「中学生になってからは一人でだね。それより前は、カレンと一緒に」

本当は父さんと母さんも一緒だったけど、そこまで言う必要はない。

「ふうん……。カレンちゃんって、どんな子だったの？」

「そうだなぁ……とにかく可愛《かわい》くて賢い子で、空気を読むのがすごく上手《うま》かったな。中学生くらいになったら絶対にモテるタイプだね、カレンは」

「カレンちゃんの話、もっと聞きたい」

「うん、いいよ。カレンが三歳のときに起こしたちょっとした事件があるんだけどね――」

と、すんなり了解してカレンの話を始めたものの、僕は心の中で「これ違くない？」と感じていた。カレンのことを話すのは全然いいんだけど、これは今話さなければならないことなんだろうか。花城はカレンを聞きに僕を呼んだわけではないはずだ。

もやもやしながらカレンの魅力を語り、一区切りついたところで僕から切り出した。

「ところで、話っていうのは――」

「はい、オムライスとミックスサンドイッチお待ち」

先にごはんが来てしまった……。

「食べよう、塔野《とうの》くん」

「う、うん。そうだね」

まぁ、食べ終わってからでいいか。

スプーンの腹でケチャップを広げる。薄い玉子の皮でチキンライスを包んだ、シンプルなオムライスだ。この喫茶店で一番カロリーと値段のコストパフォーマンスがいいので、毎回これを注文するようにしている。

僕は、ちら、と花城を上目で窺《うかが》う。ミックスサンドイッチは、ハムとレタスとトマトとチーズをフランスパンで挟んだ、結構ボリューミーな品だった。花城《はなしろ》はハンバーガーを食べるみたいにかぶりついている。結構美味《おい》しそうだ。

もし次に来ることがあったらこれを頼んでみようかなぁ、でもウラシマトンネルを抜ける頃《ころ》には潰《つぶ》れてるかも……などと思いながら凝視を続けていたら、あることに気がついた。

花城の手が、震えていた。

「花城？」

「んむ……何？」

「冷房、効きすぎてる？」

「いや、そんなことないけど」

「だったらいいんだけど……頬《ほお》にマスタードついてるよ」

僕は自分の頬をつついてマスタードがついている箇所を教える。花城は赤面しながら紙ナプキンで頬を拭《ふ》いた。

手の震えは無自覚なんだろうか。

疑問に思いながらも食事を終えて、皿が下げられる。食後のコーヒーがやって来た。

「花城。電話で言ってた話ってなんなの？」

僕の問いに、花城は砂糖とミルクを入れたコーヒーを混ぜながら答えた。

「カレンちゃんの話を聞きたかったの。その子のことをよく知らないと、ウラシマトンネルに入っても捜せないでしょ？」

　カチ、カチ、とコーヒーカップの内側にスプーンのぶつかる音がする。

「そう言うわりには、あまり外見については訊《き》いてこなかったような気がするけど」

「途中からカレンちゃん自身のことに興味が出てきて。外見はそのあとでもいいいと思ったの」

「そもそも、特徴を訊きたいなら直接会う必要はなかったんじゃないかな」

「詳しい話を訊くなら顔を合わせて話すのが一番効率的でしょ」

「……コーヒー、零《こぼ》れてるよ」

　ピタ、とスプーンを持つ手が止まる。花城は気まずそうに下唇《したくちびる》を噛《か》み、ソーサーの上にスプーンを置いた。

「花城。責めてるわけじゃないんだけど……何か、隠し事してない？　カレンの話をするために僕を呼んだんじゃないよね？」

「……」

「あんまりさ、未練を残したままウラシマトンネルに入るのはよくないと思うんだよ。話してみなよ、君を嫌ったりなんてしないからさ」

　花城は気まずそうに顔を上げた。

　どうやらとても言い辛《づら》いことらしい。僕はどんな告白をされても冷静に対応できるよう、背筋を伸ばした。

花城《はなしろ》はコーヒーを一口飲んでから、ゆっくりと口を開いた。

「……塔野《とうの》くんは『月刊ジョルノ』って知ってる？」

「え？」

まったく予想外の単語が飛んできて僕は面食らう。

ええと……『月刊ジョルノ』といえば、漫画雑誌だ。行きつけの床屋でたまに読んでいる。全体的に対象年齢が高めで、ダークファンタジーだったり職業ものだったり幅広いジャンルを取り扱っている。作家性の強い漫画が多いイメージだ。

「知ってるけど、それが？」

「……『月刊ジョルノ』は、新星賞っていう漫画の新人賞を設けてて、年に四回、漫画の原稿を募集しているの」

「うん」

「それで、その……私も、これに応募してて。春の部の結果発表が、今日発売の『月刊ジョルノ』に掲載されてたの」

今日発売……ああ、なるほど。結果を知りたかったから花城はウラシマトンネルの探索日を明日にしたのか。どうして八月一日じゃなくて八月二日なのかと少し不思議に思っていた。

たしかに、もし受賞していたとして、それを知らないままトンネルに入ってしまったら大変だ……って、もしかして。

「受賞、してたとか？」

「いや、落ちてた」

「あ……そ、そうなんだ」

残念だったね、とでも言ってあげるべきか悩んでいたら、花城は「でも」と言って続けた。

「受賞は無理だったけど、私の漫画を気に入ってくれた編集者さんがいて……それで、一緒に漫画を作りませんか、って連絡が来た」

「……え？　ほ、ほんとに？　じゃあ漫画家デビューってこと？」

「や、それは違う。担当編集さんがつくだけで、これからどうなるかは、まだ何も……」

「担当編集……」

それはまるで異国の言葉のようで、僕は彼女が遠ざかっていくような錯覚に陥った。

「ええと、担当編集がつくっていうのは、具体的にどういうことなの？　漫画は読むけど漫画家には詳しくなくて」

「ほとんどの人は、受賞を目指す。できた原稿を担当編集さんに見てもらって、改善点とかを教えてもらいながら、漫画の質を上げていく……のかな。私も、あまり詳しくなくて……」

「それで、花城はどうしたいの？」

やや高圧的な問い方になってしまった。花城の眉間《みけん》に少しだけ力が入り、目に険しさが増す。

「別に、どうしたいもこうしたいも、ないよ。私の漫画を気に入ってくれた編集さんがいた、よかった。それで終わり。これはただの報告みたいなもので、私のやることは何も変わらない」

「明日はウラシマトンネルを探索する日だけど……いいの？」

数か月、もしくは数年この世界を離れることになるかもしれない。それだけの時間、編集者は花城《はなしろ》の漫画を待ってくれるのだろうか。たぶん、待たない。それくらい素人《しろうと》の僕でも分かる。

「……愚問だよ。たかが担当がついたからって、予定を変えるなんてあり得ない。たしかに惜しい気持ちもあるけど、私にとってウラシマトンネルに入ることは、編集者がつく以上の価値があるの。それに、何も一生漫画が描《か》けなくなるわけじゃない。実力は評価されたんだから、出てからまた描けばいいだけの話。だから、担当編集の件はもういいの」

……なら、どうしてそんな辛《つら》そうな顔をしているんだ。

君は漫画家になりたかったんじゃないのか。プロに評価されてすごく嬉《うれ》しかったんじゃないのか。デビューできるかもしれないチャンスを、そんな簡単に放り投げていいのか。

いいわけがない。

「花城、もっとよく考えたほうがいいよ。せめて延期しよう」

信じられない言葉を聞いたみたいに、花城はかぶりを振った。

「ダメ。それじゃしがらみが増えちゃう」

「しがらみって何さ」

「しがらみはしがらみだよ。川崎《かわさき》とか漫画のこととか、私をこの世界に縛りつけるもの。探索を先延ばしにしてたら、しがらみはどんどん増える。ここで決別しなきゃ、いつまで経《た》っても探索できない」

「しがらみなんて言っちゃダメだ。川崎さんも漫画も、君にとって大切な存在じゃないか」

「そんなこと……」

「なあ花城。君は本当は迷っているんだろう？　でないと僕を呼んだりしないはずだ。迷っているなら、ちゃんと考えなくちゃダメだって」

「うう……」

花城はテーブルに肘《ひじ》を乗せて頭を抱《かか》えた。のれんのように垂れた前髪の隙間《すきま》から、蚊の鳴くような声が聞こえる。

「分かんないよ……どうすればいいかなんて……」

僕は天井を仰《あお》いだ。

頭上でシーリングファンが回っている。小さなモーター音を発しながら、同じところをぐるぐるぐるぐる――。

一つの結論に辿《たど》り着いた。

「延期しよう。その間に、どうするか考える」

「…………うん」

なおも気落ちした様子の花城をよそに、僕は冷めきったコーヒーを胃に流し込んだ。

支払いを済ませて店から出たあとも、花城《はなしろ》の様子は変わらなかった。しょぼくれたように肩を落とし、目線は斜め下に固定されている。帰路の途中もほとんど口を開かず、僕が話しかけても一言二言返すだけだった。無理に励まそうとするのも逆効果だと思って、途中からは無言で歩いた。

沈痛な空気のまま、僕たちは学校前のバス停に到着した。

最初は花城に別れを告げて駅に向かうつもりだった。でも、今の花城を放って帰るのはなんだか気が引けたので、せめてバスが来るまで一緒にいることにした。

「……本当にごめんなさい」

唐突に謝りだす花城に、僕は苦笑して返した。

「別に、誰《だれ》が悪いとかの話じゃないよ」

「でも……少しでも早くカレンちゃんに会いたいだろうに、私のせいで……」

ずず、と鼻を啜《すす》る音。よほど責任を感じているようだ。

僕は頭を掻《か》いて、できるだけ凛々《りり》しい声を作って言った。

「顔を上げてくれよ。可愛《かわい》い顔が台無しだよ」

「茶化さないで……」

「茶化してないよ」

花城の両肩に手を置く。ビクッ、と彼女の身体《からだ》が跳ねる。薄い肩だ。手にコリコリと骨の感触が伝わる。少し力を入れると、花城はくすぐったそうに身を捩《よじ》った。

瞳《ひとみ》に顔が映るのを確認できるくらいの距離と眼力で、僕は花城をじっと見つめた。彼女の目は少し涙ぐんでいて、やっぱりまつ毛が長かった。

「な、何？」

「……可愛い」

「え……？」

「目は大きくて肌は綺麗《きれい》だし鼻の形も整ってる。欠点がない。モデルみたいだ。いや、中途半端なモデルよりずっと可愛い」

かああ、と花城の顔が赤くなる。至近距離だから顔の変化がとてもよく分かる。

「や、やめて。何？　いきなり……」

顔を隠そうとする花城の手を掴《つか》んで、両手を肩の上まで持っていく。お手上げのポーズだ。

そして、後ろの学校にいるであろう先生や生徒に聞こえるくらい、大声でまくし立てた。

「花城すごい可愛い！　めちゃくちゃ可愛い！　この世で一番可愛い！」

赤い顔がさらに赤くなる。

「や、やめてってば！」

手を振り切られて僕は無理やり口を塞《ふさ》がれる。

「なっ、なんなの急に！　バカじゃないの!?」

「ははは、ごめんごめん。こうすりゃ元気出ると思ってさ」

「もう……」

呆《あき》れたように嘆息する花城《はなしろ》。だけどそのすぐあとに「ぷっ」と吹き出して、壊れたみたいに笑いだした。

「はは、あっははは！　本当、バカみたい！　あはははは！」

そんな花城を見ているうちにこっちも無性におかしくなって、僕たちは人目も憚《はばか》らずバカ笑いした。笑いの火は炭火のように深いところで燃えていて、一度笑いやんでも、またすぐに大声で笑った。おかしくて堪《たま》らなかった。

表情筋が疲れてきた頃《ころ》、ようやく笑いは収まった。互いに汗だくで、息切れしていた。

「あー疲れた……笑いすぎでしょ、花城」

「塔野《とうの》くんのせいでしょ……お腹《なか》痛い」

まだクスクスと笑いながら、花城は目尻《めじり》に溜《た》まった涙を指で拭《ぬぐ》う。その仕草が妙に色っぽくて、僕は少しドキッとした。

「やっぱり、君は笑ってるほうがいいよ」

「またそんなこと言って……」

もう知らない、と言って花城は顔を逸《そ》らす。

まるで少女漫画みたいなやり取りだなぁ、なんて思いながら青春を噛《か》み締めていたら、バスがやってきた。バス停の前で停《と》まり、扉が開く。

花城はいたずらっぽい笑《え》みを僕に向けて、バスにぴょんと飛び乗った。

「じゃあね。また連絡するから」

「うん。バイバイ」

プシュー、と扉が閉じて、バスは走りだす。

僕はバスが見えなくなるまでそこに突っ立っていた。

やかましいセミの大合唱に、くぐもった演奏が重なる。吹奏楽部が練習を始めたようだ。耳を澄ませば、運動部の柔軟体操をするときの掛け声が聞こえてくる。時間的にこちらは今練習を終えたところだろう。じきに下校する生徒を目にするはずだ。

「……さて、行くか」

僕は駅に向かって歩きだした。

歩きながら見上げた空はでたらめのように青くて、清々《すがすが》しかった。

第五章
走れ

塔野《とうの》くんと喫茶店で食事をした日から、三日が経《た》っていた。

私はベッドの上で小さく体育座りをして携帯をポチポチ触っている。緊張のせいか、冷房が効いているのに少し手汗をかいていた。

携帯のアドレス帳を開いて、ある項目までスクロールする。そして、大きく深呼吸した。

「……よし」

私は塔野くんに電話をかけた。


三日前、私は朝一番に近くの書店で『月刊ジョルノ』を購入し、自身の落選を知った。元々受賞できる作品の出来とは思っていなかったので、大して落胆はしなかった。だからきっぱりと気持ちを切り替え、ウラシマトンネル探索の準備に取り掛かった。

編集者を名乗る人から電話がかかってきたのは、その矢先のことだった。

簡単な本人確認のあと、編集さんから「受賞には至らないが光るものを感じた」と言われた。曖昧《あいまい》な評価だったにもかかわらず、そのときの私はみっともなく舞い上がった。だけど喜んでいられたのも束《つか》の間《ま》で、すぐに応募作に対する怒涛《どとう》のダメ出しが始まった。

ここがダメ、ここはこうしたほうがいい、こうしなかった理由は何、とか、そういうことをまくし立てられて、私はしどろもどろになりながら答えていった。最終的に「細かいところは会って話そう」という運びになって、通話を終了した。通話時間は三〇分にも及んだけど、私にはすべてがほんの一瞬の出来事のように思えた。

電話を切ったあと、私は思い出したようにある選択を迫られた。このまま漫画家を目指すか、ウラシマトンネルに入るか。難題な二択だった。

一人で考えることに限界を感じて、私は塔野くんに助けを求めた。それでも答えは出なかった。だけど猶予は得た。延期された探索日までになんとしても答えを出すよう、私はひたすら考えた。起きている間はそのことばかりに頭を悩ませていた。

そして三日が経った八月四日の朝。ようやく決心がついた。

私は、ウラシマトンネルに入るほうを選んだ。塔野くんを裏切るような真似《まね》はできなかった。

決意してからの行動は速かった。まずは編集さんに電話をして、担当の件を断る旨を伝えた。多少の異論は覚悟していたけれど、編集さんは理由も訊《き》かずに了承してくれた。スムーズに事が進んだことは喜ぶべきだ。しかしそれほど期待されてはいなかったと考えると、ちょっと複雑な気持ちになった。

ともかく、これで迷いは消えた。

このことを塔野くんに連絡しないと。そう思って、電話をかけた次第だった。

だけど。

『おかけになった電話は、電波の届かない場所にあるか、電源が入っていないため――』

圏外だった。

この地域はどこも電波が弱くて、バスに乗っていても圏外になることがある。だからそれほどおかしなことではない。だけど、私は猛烈に嫌《いや》な予感がした。

三分だけ待って、かけ直す。

『おかけになった電話は、電波の届かない場所にあるか、電源が――』

もう三分待った。

『おかけになった電話は、電波が届かない場所にあるか――』

三〇分待った。

『おかけになった電話は――』

私はベッドから立ち上がった。

まさか。嘘《うそ》でしょ。

頭の奥から嫌な想像がヘドロのように湧《わ》き出した。みぞおちの奥がきゅう、と締まって呼吸が苦しくなる。

私は急いで川崎《かわさき》に電話をかけた。

『はい、もしもし?』

「川崎? ちょっと教えてほしいんだけど、塔野《とうの》くんの家ってどこか知ってる?」

『え? まぁ、知ってるけど。それが?』

「ごめん、教えて。今すぐに」

『わ、分かった。ええと、住所をメールで送るから、それで確認して』

「ありがとう」

　電話を切る。

　メールはすぐに送られてきた。塔野くんの家の住所と、私のことを心配するような文が添えられていた。川崎には悪いけど、いちいち返信している暇はない。私は財布だけ持ってすぐに玄関に向かい、サンダルで家を飛び出した。

　マンションの内廊下を進みながら電車の時間を調べる。ここから塔野くん家の最寄り駅まで……早くても一時間。ああもう、これだから田舎は。

　私は駐輪場から自転車を引っ張り出してそれに跨《また》がった。塔野くんの家に向かって走りだす。

　平坦な通りを抜けて、上り坂に入る。

　体力はわりとあるほうだと自負しているけど、田舎の坂道は相当堪《こた》える。道路のでこぼこに私の体力はがんがん削られていく。汗は滝のように流れて、髪が鬱陶《うっとう》しくて仕方がなかった。

　長い上り坂はようやく終わりを迎え、視界に海が広がった。綺麗《きれい》な景色に見とれている余裕はない。私は急いで坂を走り下りた。

　くすんだ赤ランプの消防格納庫を過ぎると、古風な感じのする大きな家が見えた。あれだ。

　私は玄関の前で自転車を停《と》めてピンポンを鳴らした。一分ほど待つと、一人の男性がボリボリと腰を掻《か》きながら出てきた。塔野《とうの》くんの父親だろうか。それにしては全然似ていない。

「はいはい……どちらさん？」

「私、とう……カオルくんの同級生なんですが、カオルくんはいますか？」

男性は腰を掻く手を止めて、怪訝《けげん》な表情を浮かべた。

「いや……今は、どっかに出かけてる」

「いつからですか？」

「あー、一昨日《おととい》くらいだっけか」

顔から血の気が引いた。不安と焦燥がこみ上げてくる。

「一体どこに行ってるんですか!?　教えてください！」

「いや知らんよ。友達の家にでも泊まりに行ってるんじゃないか？　あいつ、最近は帰らないこと多いから」

「……分かりました、ありがとうございます」

早口でお礼を言って私は再び自転車に跨《また》った。

一昨日から帰っていない。そんなのって、もう……。

嫌《いや》な想像を振り払うように頭を振る。考えちゃダメだ。今はとにかく急がないと。

必死に自転車を漕いでウラシマトンネルに向かっていると、頬《ほお》に水っ気を感じた。汗かと思いきや、その一滴を始まりとして大量の水滴が顔にぶつかってきた。

最悪だ。雨だ。さっきまで晴れていたのに。

雨はあっという間に私をびしょ濡《ぬ》れにする。ペダルを踏むたび、濡れた服が肌にくっついたり離れたりして、気持ちが悪い。

なぜか涙が出てきた。泣けて仕方がなかった。それでも脚の張り裂けそうな痛みに耐えながら、私はひたすらペダルを漕いだ。

「塔野くん……塔野くん……！」


ついにウラシマトンネルの前に辿《たど》り着いた。

自転車は道中で乗り捨てて、サンダルは知らないうちに脱げていた。小石かなんかで切ったせいか、足の裏がズキズキと痛む。それでも塔野くんに追いつくため、私は足を止めることなく、ウラシマトンネルに入った。

少し進むと、地面にガラスのボトルが落ちていることに気がついた。よく見れば、中に紙が入っている。

これは、ボトルメッセージだろうか。

塔野くんが置いていったものだ。私はそう確信して、ボトルを手に取って栓《せん》を開けた。

想像したとおり、中に入っていたのは数枚の便箋《びんせん》だった。鉛筆で文字が書かれている。

汗と雨で濡れた手を服で拭《ぬぐ》い、私は便箋を濡らしてしまわないよう、慎重に読み始めた。

花城《はなしろ》あんずへ。

もし花城以外の人がこれを読んでいるなら、申し訳ないけど便箋《びんせん》を瓶の中に戻してほしい。

とはいえ、花城以外の人がここに来るとも思えないので、花城が読んでいることを前提に話を進めるよ。

まず最初に。君を置いてウラシマトンネルに入ったことを謝る。

本当にごめん。

君は裏切られたと思っているかもしれない。ひょっとすると恨んでいるかもしれない。

それでも、できればこの便箋を破かずに、最後まで読んでほしい。

さて。君はたぶん、僕が君を置いてウラシマトンネルに入った理由を知りたがっていると思う。だから、それを説明するね。

結論から言うよ?

君は、今すぐにでも漫画家になるべき人間だ。だから置いていった。

君の漫画は本当に面白かった。あれは、もっと多くの人に見てもらうべきだ。

担当編集がついたと聞いたときも、最初は驚いたけど、君の漫画ならプロに評価されてもおかしくないな、って納得したよ。本当に。

でも、漫画っていうのは流行があるだろう？　今、僕が読んで面白いと感じても、四年後、五年後の読者も同じ感想を抱《いだ》くかは分からない。感性のズレとか、そういうのがあると思うんだ。素人《しろうと》の意見だけどね。

ともかく、デビューは早いほうがいいよね。それは間違いないと思うんだ。

君が漫画家になりたいなら、今すぐ、漫画を描《か》くべきだ。こんなところで時間を潰《つぶ》してちゃいけない。

それともう一つ。

君がウラシマトンネルに入る理由は、特別になりたいから、だったよね。

君の願望を否定するわけじゃないんだけど、正直僕は、特別になる必要なんてあるのかなぁ、ってちょっと疑問に感じているんだよ。

たぶん、君は普通の生き方を楽しめる女の子だと思うんだ。

出会ってからまだ一か月も経《た》っていないけど、それでも僕は、君のことをとてもよく見てきたつもりだ。

暗いウラシマトンネルの中で、怖がっていたところも、

自作の漫画を褒められて、すごく嬉《うれ》しがっていたところも、
三人で祭りに行って、楽しそうに喋《しゃべ》っていたところも、
可愛《かわい》いって言われて、顔を真っ赤にしていたところも、
君は、普通の女の子のように見えたよ。
僕は、君に対して、とても残酷なことを言っているのかもしれないね。
もう一度言うけど、君の願望を否定するわけじゃないんだ。
ただね、よーく、考えてほしいんだ。
君が本当に望んでいるものは、一体なんなのかってことを。

もし、君がここで引き返してくれるなら、もう、僕のことは待たなくていい。

新しい友達をいっぱい作って、いろんな経験をして、たくさん笑ってほしい。

面白い漫画を描《か》いて、みんなを楽しませてほしい。

だから、僕がウラシマトンネルを抜けるとき、君が最高の漫画家になっていることを心から願うよ。


最後に。

これは、僕からの提案なんだけど。

花城《はなしろ》あんずは塔野《とうの》カオルにとって誰《だれ》よりも特別な人である。

ってところで、ひとまず納得してくれないかな？

＊　＊　＊

僕は走りながら腕時計を確認する。

〇時一八分。

ウラシマトンネルの鳥居をくぐった際に針を〇時〇分に合わせておいたので、僕が探索を始めてからこれで一八分が経過したことになる。

外では約一か月が経過。短い夏休みだった。

花城は、すでに僕の手紙を読んだだろう。そして引き返しただろう。ここまで花城が追ってきていないことが何よりの証左だ。

よかった。

本当によかった。

花城。君に辛《つら》い選択をさせてしまった。本当にごめん。何回謝っても謝り足りない。

君の好意には、気づいていた。分かるよ。僕も君のことが好きだから。

でも、君の好意は違うんだ。それは悲劇のヒロインになりたいと願う憧憬《しょうけい》が変質したものでしかないんだ。妹を失った僕に、なんらかのドラマ性を期待していただけなんだ。

ダメだよ、花城《はなしろ》。それじゃあダメだ。

特別になりたいなら、僕になんて構ってちゃいけない。

普通に頑張れ。

誰《だれ》にでもできて、誰にも褒められず、誰にも同情されない。

そういう普通をひたすら延々と地道に積み重ねた上に、特別があるんだよ。

君なら、それに辿《たど》り着ける。

辿り着けるんだよ、花城。

君は、一人で漫画を描《か》いてきたんだろう。今まで誰にも言わなかったんだろう。

上手《うま》くいかないことがあって、描くのをやめたくなったことがあったかもしれない。

もしかすると、描くのが何より楽しくて、やめたいと思ったことなんて一度もないのかもしれない。

それでも、とにかく、君は描き続けてプロに評価された。

それこそが、特別な経験なんだよ。

ウラシマトンネルに入って出るよりも、ずっとずっと特別で、素晴らしいことなんだよ。

だから、花城。君は胸を張って今を生きろ。

今を頑張れ。

僕のようには、決してなるな。

1時間25分が経過【外では141日が経過】

僕は足を止めた。

「うわ……」

急な上り坂が目の前に伸びていた。一本道なので迷う心配はないだろうけど、体力的にかなりキツそうだ。実はもう、ふくらはぎが疲労でぷるぷるしている。

怪我《けが》でもしたら堪《たま》らない。大事を取って五分だけ休むことにした。

地面に座り込む。リュックから水筒を取り出して、水を飲んだ。

大体一〇キロくらいは走っただろうか。普通に考えれば、もうとっくにトンネルを抜けていなければおかしい。まだ出口が見えないのは、時間の流れが狂うように、おそらく空間にも何かしらの異変が発生しているからだろう。進めるだけ進むつもりではいるけど、正直、このトンネルがどこまで続くのかは見当もつかない。

異変といえば、ここまで一つも『ここにあるはずのないもの』は出現していなかった。イレギュラーがないに越したことはないのだけど、ここまで何も起きないと少し不安になってくる。

妙に落ち着かなくて、時計を確認する。休憩してからまだ二分しか経《た》っていなかった。

どうも気が急《せ》いてしまう。こうしている間にも外では凄《すさ》まじい速さで時間が流れていると思うと、まったく気が休まらなかった。じっとしていると、走る以上に精神がすり減る。

僕は立ち上がり、大きく深呼吸してから坂を駆け上った。


5時間20分が経過【外では1年と168日が経過】

「はぁ……はぁ……」

ついに小走りの状態から完全な徒歩になった。足を踏み出すたび、ざり、と靴裏が擦《こす》れる音がする。

もうどれだけ進んだか分からない。脚の関節が全部痛い。

トンネルに入って最初の三時間くらいはたまにカレンの名前を呼んでいたけど、今となってはもうそんな気力は一ミリも残っていなかった。ただただ進むのに必死だった。

外では大体一年半くらい経《た》った頃合《ころあ》いだろうか。未《いま》だにカレンの手がかり一つ見つからない。延々と鳥居と松明《たいまつ》が続くだけだ。

ただ、変化がまったくないわけでもなかった。

トンネルは途中から坂とカーブが急増した。上り坂がずっと続くと思ったら、そのあとに下り坂があって、直角に近い右カーブが連続することもあった。方向感覚は完全にバカになっていて、今、僕がいる場所がウラシマトンネルに入った地点より上にあるのか下にあるのか、進んでいるのか戻っているのか、それすらも分からなかった。分かれ道や横道がないことだけが救いだ。

「はぁ……くそ……」

喉《のど》が渇く。水はもう半分ほどしか残っていない。帰りのことを考えると、これ以上は消費できない。トンネルに入る前の僕は、どうして口の水分を奪うカロリーメイトを食料なんかに選んだのか。

ああ、冷たいライフガードを一気飲みしたい。

湧《わ》き上がる煩悩を抑えつけ、それでも一歩一歩と足を進めていたら、突然、ゴトン、と巨石が転がるような重い音がした。

そこはかとない既視感に襲われ、足を止める。

前兆だ、と思った。

『ここにあるはずのないもの』が現れる、その前兆。

全身がざわざわとして、低い耳鳴りのような音が頭に響く。

……いや。耳鳴りじゃなかった。

実際に聞こえる。複数の人の足音と話し声だ。声の一つ一つが生気に満ちている。耳を澄ませても、あまりに乱雑に声が入り混じっているため、意味を抽出することはできない。

ともかく、人の気配だ。人がいる。この先に、僕以外の人が。それも、大勢。

カラカラの喉《のど》を唾液《だえき》で湿らせ、僕は呼びかけた。

「カレン……いるのか……？」

足を踏み出す。と同時に、右腕を何かに引っ張られた。

心臓が飛び出しそうなくらい驚いて、右を向く。

言葉を失った。

腕を引っ張ったのは、僕の父さんだった。

「こんなところにいたのか、カオル。捜したぞ」

やばい。やばいやばいやばい。最悪だ。見つかった。

混乱と恐怖で頭が埋め尽くされる。衝撃があまりに大きすぎて、脳がまともに働かない。

「どうしたんだ？　ぼーっとして。具合でも悪いのか？」

言われてハッとする。

まるで緊張感のない声音《こわね》だった。よく見ると父さんは浴衣《ゆかた》なんかを着ている。それに、顔が少し若々しい感じがした。

何かがおかしい。

いや、おかしいのは全部だ。そもそも父さんはどこから来た？　僕を追いかけてきたなら、足音や呼びかけの声で腕を引っ張られる前に気づくはずだ。

訝《いぶか》しんでいると、父さんの背後に大きな穴があることに気がついた。穴の向こう側は多くの人で賑《にぎ》わっている。雑踏と話し声は、そこから漏れているようだった。大勢の人以外には、赤い提灯《ちょうちん》の明かりや、出店《でみせ》のようなものが見えた。まるで縁日みたいだ。

少し、頭の中を整理する。

この状況は、つまり、このウラシマトンネルには横穴があって、それはどこかの祭り会場に繋《つな》がっていて、偶然そこにいた父さんに見つかった、と、そういうことなんだろうか。

バカな。あり得ない。

父さんも、穴から見える景色も、ウラシマトンネルの産物だ。同じ『あり得ない』でも、まだそちらのほうが信憑性《しんぴょうせい》は高い。

「人混《ひとご》みで酔ったのか？　辛《つら》いんならそろそろ家に帰るか？」

現実の父さんではないと分かったら落ち着いてきた。落ち着くと、腹が立ってきた。

どうしてカレンじゃなくて父さんなんだ。いくら昔の父さんで、優しくても、僕はまったく嬉《うれ》しくない。どんな形で会おうが、僕はもうこの人に何も期待していない。顔も見たくない。

なのに……なんなんだ、この、せり上がってくる恍惚《こうこつ》感は。

腹立たしくて仕方がないのに、心のずっと奥に潜むもう一人の自分が、猛烈に「甘えたい」と訴えている。そんな感情は、とうの昔に捨てたはずなのに。

罵倒《ばとう》にも無視にも暴力にも耐えられる。だけど、これは、ダメだ。おかしくなる。

足が、完全に止まってしまいそうになる。

「カオル？　大丈夫なの？」

猛烈に聞き覚えのある声がした。

僕と血の繋《つな》がった母さんが、父さんの背中から顔を出した。

あの日の。まだカレンが生きていて、毎日が幸せで、理想的な家族だった、あの頃《ころ》の母さんが、優しい笑《え》みをたたえて僕の目の前にいる。

「どうも調子が悪いみたいなんだ。なんかジュースでも買ってきてやるか」

「そうね。そこに飲み物の出店《でみせ》があったわ。カオルはたしか、ライフガードが好きだったわよね？」

「俺はビールでいいぞ」

「車でしょ。何言ってるのよ、もう」

「ははは」

もう、やめてくれ。

「あああああああ！」

僕は大声で叫んだ。二人が驚いているうちに、腕を振り払って走りだす。

全力だった。呼ばれても絶対に振り返らなかった。

走っているうちに、どうしようもなく涙が出てきた。

「くそっ……ふざけるな……！」

あの頃の幸せな光景を、ウラシマトンネルの中で見せつけられたのが悔しくて堪《たま》らなかった。胸のかさぶたを無理やり引《ひ》っ剥《ぱ》がされた気分だ。吐き気がする。

走りながら涙を拭《ぬぐ》って、トンネルの奥を睨《にら》みつける。

本当に悔しい――けど、思い返せば今の現象は僕が立てたウラシマトンネルの仮説を補強するに足るものだった。

花城《はなしろ》の家で気づいた、ウラシマトンネルの真の特性。

僕の仮説が正しければ、きっとカレンに会える。

前に進もう。僕はカレンがいればそれだけでいい。

他に望むものなんて、ない。

9時間56分が経過【外では2年と263日が経過】

ああ、くそ。一体……一体、どこまで続いているんだ。

走っても走っても鳥居と松明《たいまつ》。カレンは、どこにいるんだ。

何時間経《た》った？　外でどれだけ過ぎた？

……ああ。もう、一〇時間近くも経っているのか。

普通に生きていれば、高校を卒業している時期だ。

もしここでカレンを見つけて引き返しても、ウラシマトンネルを出る頃《ころ》には外で五年以上が経過している。

五年後、周りのみんなは進学しているか就職しているだろう。勉強や仕事に精を出して、新しい趣味だったり恋人だったりを作ったりしているだろう。なのに僕は、無闇《むやみ》に走り回っていただけで、二二歳になってしまった。

たぶん、引き返すならここだ。

水はほとんど残っていない。あと一口か二口かでなくなる。脚も限界が近い。一歩踏み出すたびに、膝《ひざ》に激痛が走る。

これ以上進めば、僕はもう戻れなくなる。

どうする？

引き返すか？

それとも、一縷《いちる》の望みをかけて進み続けるか？

「……はは」

失笑が漏れる。愚問だった。

ここで引き返せば、それこそ時間の無駄だ。僕のやってきたことが、すべて無意味になる。

この一〇メートル先にカレンがいるかもしれない。ひょっとすると、五メートル先かもしれない。
それなのに諦《あきら》めて引き返すなんて、バカだ。大バカのやることだ。
カレンがいると信じて、進み続けるんだ。
「カレン……！」
もう何度呼んだか分からない名前を、掠《かす》れた喉《のど》の奥から絞り出す。
カレンに会えるまで、何度だって繰り返してみせる。
何があったって、足を止めてたまるものか。
――僕のやっていることは正しいのか？
――もっと他にやるべきことがあるんじゃないのか？
――今までの努力が、すべて無駄に終わるんじゃないのか？
そういうことは、なるべく考えない。怖いけど、考えない。
最悪、考えてもいいけど、恐怖に負けちゃいけない。
誰《だれ》だって、未来が不確定なまま、時間に追われて、暗闇《くらやみ》の中を疾走している。
怖いのは、僕だけじゃない。みんな、花城《はなしろ》や川崎《かわさき》さんだって、そうなんだ。
だから、進め。
いつか絶対に辿《たど》り着くと信じて、進め。
残りの水を一気に飲み干して、僕は足を引きずりながら歩いた。

14時間20分が経過【外では3年と338日が経過】

急な上り坂を進んでいた。

前すらろくに見ず、足はずっと引きずったままだった。

荷物は全部捨てていた。靴すらも脱いでいた。

もう、戻ることは考えていなかった。

「ぐうう……」

いつからこの坂を上っているのかは、よく覚えていない。ただ、あり得ないくらい長い坂だった。僕の今までの人生で、間違いなく一番長い坂だった。

「うう……」

ああ、しんどい。

本当に疲れた。足が痛みの信号を発するだけの肉の塊みたいになっている。

瞼《まぶた》がすごく重い。眠い。

もう休みたい。

横になれば多少は楽になるだろう。この無限のように続く坂からは、ひとまず解放される。

でも、ダメだ。横になったら、もう二度と起き上がれない気がする。

だから、止まっちゃダメだ。この坂を、上らないと……。

……いや、もう、その必要もないか。

だって、そもそも、無理だ。すでに限界が近い。

というか、限界だ。身体《からだ》の痛みを騙《だま》し騙し、なんとか動いている、そんな状態。仮に今カレンが見つかったとしても、どうしようもない。

帰る気力も体力も、微塵《みじん》も残っていない。

ああ。疲れた。

もう、諦《あきら》めよう。

……でも。

あと、もう少し。

ほんのもう少しだけ、進んでみよう。

ほんのもう少しだけ進んでみて、それでも何もなかったら、諦めよう。

もう少し。

もう少し。

もう、少、し――。

僕は足を止めた。

何かが、目の前にある。

重い頭を上げ、そこに見えたのは、木の扉だった。

ドクン、と心臓が高鳴った。胸に期待が生まれた。

トンネルの中でこんなものに行き当たったのは初めてだ。ひょっとすると、この先にカレンがいるかもしれない。

でも、もし、そうではなくて、また坂なんかが続いていたら——そんなこと考えたくもない。

この扉を最後にしよう。この先にカレンがいなかったら、もう、休む。

鉄製の把手《とって》を握り、もたれかかるようにして扉を開けた。

「——っ」

途端に足の力が抜けて、前に倒れた。額《ひたい》が地面にぶつかる。

痛くはなかった。

地面には、砂が敷き詰められていた。

「……？」

光が降り注いでいる。頭に感じるこの暖かみ。太陽の光だ。

外に出たのか？

顔を上げると、潮の香りを含んだ風が前髪を持ち上げた。

僕のいる場所は砂浜だった。

白い、砂浜だった。

目の前には広大な海が広がっている。驚くほど青い海で、水平線をはっきりと確認できた。

僕は膝《ひざ》をついたまま後ろを向いた。背後には朽ち果てた小屋が建っていて、さっき抜けた扉は、その小屋のものだった。小屋の後ろには、新緑の草原が広がっていた。

普通に物事を考える器官はとっくに麻痺《まひ》している。今の僕にとって何より重要なのは、ここにカレンがいるかどうかだ。

僕は、最後の力を振り絞って、叫んだ。


「――カレン！」


はぁい、と、間延びした声が、返ってきた。

声のしたほうを向いた。

少女が立っていた。

野球帽をかぶって髪をポニーテールにしている。ぶかぶかのタンクトップにショートパンツで、赤いサンダルを履いている。

僕の妹の、カレンだった。

「よく来たね、お兄ちゃん」

カレンは僕に微笑《ほほえ》みかけた。

僕は全身の力が一気に抜けて、目の前が暗くなって、ゆっくりと意識を手放していく。

まどろみの中にいた。

横になった身体《からだ》に弱い風が当たっている。規則的に変化する風向きと小さなモーター音から察するに、この風は首振り扇風機によるものだろう。

身体の下には布団が敷かれている。頭を少し動かすと、枕《まくら》の中でそば殻が擦《こす》れ合う音がした。微《かす》かに畳の匂《にお》いがする。落ち着く匂いだ。

粘性の高い沼にずぶずぶと沈んでいくような居心地のよさ。全身から疲労やストレスといった毒素が溶けだしていくのが分かる。

動きたくない。目も開けたくない。ずっとここで寝ていたい。……もう、寝ていようか。

こっちはめちゃくちゃ頑張ったのだ。少しくらい休んでも、バチは当たらないだろう。

ああ、扇風機の風が心地いい。

……それで、僕は何を頑張っていたんだっけ。

「ああっ！」

思い出して、飛び起きた。

正面の開け放した襖《ふすま》から縁側を挟んで、海が見えた。

僕は辺りを見渡す。座敷だった。畳は日に焼け、床の間には山の景色が描《か》かれた掛け軸が吊《つ》り下がっている。

ものすごく既視感のある部屋。まさか、ここは。

「僕の家……？」

どういうことだ、これは。どうして僕は自宅で寝ているんだ？　さっきまで死にそうな思いをしてトンネルの中を走り回っていたはずなのに。服も、トンネルに入ったときと違ってラフなTシャツと短パンになっている。

もしかして……夢？　全部夢？　ウラシマトンネルなんて最初からなかった？

いや、だとしてもおかしい。僕はこんなところで昼寝なんてしない。それに、この部屋には僕の家の座敷と違う点が二つある。

まず、僕の家から海は見えない。見えるのは雑草が伸び放題になった庭と山くらいのものだ。そしてもう一つ。この部屋には足りないものがある。

そう、カレンの、仏壇が――。

「あ！　お兄ちゃん、起きた？」

カレンが。

カレンが、裸足《はだし》でパタパタと足音を立てながら、こちらにやって来た。

「お兄ちゃん急に寝ちゃったんだよ？　ここまではあたしが運んできてあげたの。すっごく重かったんだから」

カレンが、目の前で喋《しゃべ》っている。顔も声も何から何まで、一〇歳の頃《ころ》と変わっていない。

「それに全身砂まみれで汚かったから、あたしが着替えさせてあげたんだよ？　ほんと、感謝してよね」

腰に手を当てて頬《ほお》を膨らます。カレンの怒るときの癖だ。

「もう、聞いてるの？　お兄ちゃん」

近くに迫るカレンの顔。

ここでようやく我に返った。

「か……カレン、なのか？　げ、幻覚、とかじゃ、なくて……」

舌が、上手《うま》く回らない。

「失礼ね！　そんなに言うなら触ってみなよ」

カレンはその場に膝《ひざ》をついて、ほら、と言って僕の手を自分の頬に当てた。

柔らかくてほんのりと温かい、紛れもない人の肌だった。

「ね？」

小首を傾げて同意を求めるカレンに、僕は力なく頷《うなず》いた。

幻覚ではない。だけど色々と急すぎて実感が湧《わ》かない。目の前のカレン、僕の家、外に広がる海……普通存在するはずのないものが一気に押し寄せてきて、脳がフリーズしている。今、目の前で起きていることが、一つも事実として受け止められない。

放心しながらカレンと向き合っていると、盛大にお腹《なか》が鳴った。

「あれ。お兄ちゃんお腹空いてるの？」

「いや、別にそこまで――」

空いていない、と答えようとした瞬間、凄《すさ》まじい空腹感と喉《のど》の渇きに襲われた。

混乱と驚愕《きょうがく》が感覚を麻痺《まひ》させていただけだ。僕は今、すごくお腹が空いている。いや、空腹よりも喉の渇きのほうが深刻だ。何時間も走り続けて水の一滴も飲んでいなかった。

「か、カレン。ごめん、何か、飲み物を……」

「色々あるけど何がいい？」

「なんでもいいから、たくさん、お願い……」

「なんでもいいのぉ？　んー……分かった！」

元気よく返事をして、カレンはご機嫌そうに台所へ向かった。

軽い頭痛を覚えて僕は額《ひたい》を押さえる。情報過多で脳が参っていた。とりあえず一つずつ状況を整理しようにも、何から手を付けていいのかすら分からない。

呆然《ぼうぜん》としたまま何気なく海を眺めていたら、台所から「ヴイーン」と大きな機械音が聞こえてきた。たぶんミキサーが回る音だ。一体何を作っているんだ……？

「お待たせ！」

カレンが戻ってきた。手には大きめのコップと、やはりミキサーのガラス容器が握られていた。中に白い液体が入っている。あれは……。

「もしかして、バナナジュース？」

「正解！」

カレンは満面の笑《え》みでバナナジュースを掲げた。中身が揺れて零《こぼ》れそうになる。

懐かしい。昔はよく二人で作って飲んでいた。カレンがいなくなってからは、洗い物が大変という理由で一度も作っていなかった。

「はい、お兄ちゃんどうぞ」

甘い香りが鼻を抜ける。カレンからコップを受け取るなり、僕はすぐさまそれを飲んだ。家《うち》のバナナジュースはバナナに対して牛乳を多く入れるので、普通のジュース感覚でゴクゴク飲める。

僕は一度もコップから口を離さず、バナナジュースを飲み干した。

「はぁー……」

ため息しか出なかった。満たされるとはこういうことか。甘みで喉《のど》がビリビリする。

続けて二杯目を注ごうとしたら、台所から「ピー」と電子レンジのタイマーが切れる音が聞こえた。

「あ。ごはんできた」

「ごはん？」

「うん。お兄ちゃんのやつ。またしてもあたしが作ってあげました。すぐ用意するから居間に行ってて」

再び台所へ駆けていくカレン。はて、料理なんてできたっけ……と不思議に思いつつ、僕はゆっくりと立ち上がる。ミキサーのガラス容器とコップを持って居間に向かった。

居間のテーブルの上には、特盛のどん兵衛《べえ》と、冷凍食品の焼きおにぎりが三個置いてあった。カレンは座布団に座って自慢げに僕を見上げている。

僕は少し微笑《ほほえ》ましい気持ちになった。まぁそうだろうな、って感じだ。

「味わって食べてね」

「うん……ありがとう」

カレンの隣に座って箸《はし》を取る。いただきます、と言ってどん兵衛に箸をつけた。

パリパリのかき揚げを少しだけ汁に浸して齧《かじ》る。エビの風味が鼻を駆け抜ける。次にそばを啜《すす》る。普段なら濃すぎると感じる味付けも、疲れた身体《からだ》にはちょうどよかった。塩っ辛さが舌に染み込む。どん兵衛って、こんなに美味《おい》しかったっけ……。

僕は一心不乱にそばを啜った。焼きおにぎりも食べた。口の中が熱くなったらバナナジュースで冷やした。ちぐはぐな組み合わせだ。なのに手が止まらなかった。まばたきすら忘れて食事に夢中になった。咀嚼《そしゃく》された食物が喉を通るたび、五感が洗われてクリアになっていくようだった。美味しいなんて次元じゃない。まさに生き返るようだった。

どん兵衛《べえ》の汁を最後の一滴まで飲み干し、容器を口から離す。

その瞬間、目に飛び込んできた光景は。

僕がずっとずっと長い間取り戻したかった、カレンのいる日常だった。

「おいしかった？」

カレンが僕に微笑《ほほえ》みかける。このとき初めてカレンをちゃんと認識できたような気がして、
途端に、溜《た》め込んでいた感情が洪水のように押し寄せてきた。

カレンの笑顔が、息遣いが、仕草が、揺れる前髪の一本一本に至るまでが、鮮やかで、懐かしかった。

急に目の前がぼやけて、ポタ、と空の容器の上に水滴が落ちた。続けて涙がとめどなく流れ出た。焼けるように熱い涙だった。僕は嗚咽《おえつ》を漏らさないよう、必死だった。

不意に、カレンが僕の頭を撫《な》でた。小さくて柔らかい手の触感が、髪を通じて頭皮に伝わる。

「今までよく頑張ったね」

まるで言葉そのものに温度が宿っているかのような、優しい声音《こわね》だった。

僕は何度も頷《うなず》いた。

「ごちそうさま」をしてテーブルの上を片付け終えた頃《ころ》には、もう大分落ち着いていた。

今までの人生で最も満ち足りた食事だった。今も多幸感で胸がいっぱいだ。

「……ねえ、カレン」

「うん？」

落ち着いてきたからこそ、訊《き》かねばならない。

僕は絶対にはっきりさせておく必要のある問いを、カレンに投げかけた。

「カレンはさ……本物の、カレンなの？」

僕の真剣な問いに、カレンはうんざりしたようにテーブルに頬杖《ほおづえ》をついた。

「またそれー？　お兄ちゃんも分かんない人だなぁ。さっきも言ったけど、あたしは――」

そこで言葉を区切ると、突然、カレンはいたずらっぽい笑《え》みを浮かべた。

「あたしは、本物でしょうか、偽物《にせもの》でしょうか。さあ、お兄ちゃんはどっちだと思う？」

「なんで問題形式なんだ」

「そっちのほうが面白いと思って」
ニ、と犬歯を見せるカレン。悪気がないだけに怒る気になれない。
「ねえ、早く答えて。どっちでしょーか」

仕方ない。ここはカレンの遊びに付き合ってあげよう。

「僕は……」

軽く息を吸う。カレンは、純真な目で僕の返答を待っている。

「本物、だと思う」

「ファイナルアンサー？」

「う、うん」

「じゃ、そういうことでいいんじゃない？」

あまりに適当なオチで、僕は拍子抜けした。

でも、カレンの答えは自分でも驚くほど腑《ふ》に落ちた。納得させられた。

結局のところ、本物かどうかをたしかめる術《すべ》なんてないし、明確な定義もない。なら、自分の信じたいものを信じるべきで、カレンはそれを僕に伝えたかったのかもしれない。

「そうだね。そういうことで、いいんだ……」

自分なりの解釈を事実であると決定づけるように、僕はカレンの言葉を噛《か》み締めた。

「それよりお兄ちゃん、冷蔵庫にスイカあるから一緒に食べよ」

「うん。食べようか」

考えてもどうしようもないことで悩むのはもうやめよう。僕は立ち上がり、二人で台所に向かった。

冷蔵庫を開けると、中には切り分けてラップされたスイカがあった。下の段には様々な種類のお菓子が並んでいる。飲み物も、カレンが言ったとおりチェリオだったりライフガードだったり色々あった。どこから仕入れているのか気になったけど、疑問を口にするのは無駄なことに思えた。

　僕たちは縁側に腰を降ろしてスイカにかぶりついた。キンキンに冷えた甘い果汁が口の中に広がる。文句なしに美味《うま》かった。

　カレンが庭にタネを飛ばしているのを見て、僕も真似《まね》してタネを飛ばした。どっちが遠くまで飛ばせるか競争もした。涙が出るほど楽しかった。

「お兄ちゃん泣きすぎだよ〜。大きくなったのに、泣き虫になっちゃった？」

　僕は鼻を啜《すす》ってから答える。

「うん……そうかもしれない。でもね、人は年を取るほど涙もろくなっちゃうもんなんだよ」

「そうなの？」

「なんかで読んだ」

　カレンは縁側からはみ出した足をぶらぶらさせて投げやりに言った。

「大きくなったら強くなるもんだと思ってたけどなー」

「そりゃあ、強い子もいたけどね」

「どんな人？」

「そうだなぁ……」

　真っ先に花城《はなしろ》を思いついた。

「女の子なんだけどね。綺麗《きれい》な顔してすごく喧嘩《けんか》が強いんだよ。年上の怖い人にも勇敢に立ち向かって、顔を叩《たた》かれてもお腹《なか》を蹴《け》られても、折れずに反撃のチャンスを待つような……そんな子だった。最初はおっかないと思ってたけど、接してみればすごく可愛《かわい》くてね……」

「お兄ちゃんはその人のことが好きなの？」

純粋な眼差《まなざ》しでカレンは僕を見つめる。

僕は食べかけのスイカを皿の上に戻して、海を見つめながら答えた。

「……そうだね。僕は、その人のことが好きだよ」

カレンは「きゃー」と嬉《うれ》しがるような悲鳴を上げて僕のほうに擦《す》り寄った。

「好きなのに一緒にいなくていいの？」

「うん。あの子には、他にやらなきゃいけないことがあるからさ」

「それでも好きなんでしょ？　離れて寂しくない？」

「それは……たしかに寂しいっちゃ寂しいけど……」

カレンはじっと僕を見つめて返事を待っている。軽く受け流したり嘘《うそ》で誤魔化す気にはなれなかった。

「……本当はね、カレン。僕に誰《だれ》かを愛する資格なんてないんだよ」

言ったあとに気づく。愛だなんて言葉、生まれて初めてまともに口にしたかもしれない。思ったよりも恥ずかしくて、少し笑ってしまう。

でも、そのとおりだ。僕の不注意のせいでカレンを死なせてしまった。父さんが変わり果ててしまったのも、母さんが蒸発したのも、元を辿《たど》ればすべて僕の責任だ。そんな僕が誰かを愛するなんて、それはもう、ものすごくおこがましいことなのだ。

「勝手に作った十字架を勝手に背負って勝手に苦しんで……バカだなぁって思うこともあるんだけどさ、こればっかりはどうしても割り切れないんだよ。……って、カレンにはちょっと難しい話だったね」

む、とカレンは顔をしかめた。

「知ってるもん。資格って、働くときにあると便利なやつでしょ？」

「はは。間違いではないよ」

「人を好きになるのに資格がいるの？」

「いるというか、普通はみんな元から持ってるんだけど、場合によっては失くすこともあるというか……。なんて言えばいいのかな……」

「ふーん。だったらあたしがあげるよ！」

そう言うなりカレンは急に立ち上がって廊下の奥に消えた。たったった、と階段を駆け上がる音が聞こえる。

少ししてカレンは数本のカラーマジックとＡ４サイズの白紙を持ってきて、それらを縁側に並べた。

「何するの？」

「見てて！　……あ！　やっぱり見ちゃダメ！　前向いてて！」

どっちだよ、と思いながらもとりあえず言われたとおりにする。

後ろからキュッキュとマジックを走らせる音と、たまに「どんな字だっけ……」とか「あ、間違えた」とかそんな声が聞こえてくる。

ちょうど僕が食べかけのスイカを食べ終わったところで、カレンは「もういいよ」と言った。

後ろを見ると、カレンはその場に正座していた。

「今からお兄ちゃんに資格をあげます！」

カレンは用紙を目の前に掲げて、大仰な口調で読み上げるふうに言った。

「えー。お兄……じゃなくて、塔野《とうの》カオルは、あたしに頑張って会いに来てくれたので、今後、誰《だれ》かを愛しても、別によいです！　はいっ、おめでとう」

両手で用紙を渡される。

用紙にはでかでかと「愛するしかく」と書かれていた。その周りに色とりどりのマジックで花だったり犬だったりの絵が描《か》かれている。

僕は、それを受け取れずにいた。

「お兄ちゃん？　どうぞ、だよ」

腹の奥から熱いものがこみ上げてくる。

カレンを失ったあの日から、ずっと悔やみ続けてきた。苛《さいな》まれ続けてきた。僕がいながらカレンを救えなかった事実に、打ちのめされていた。

贖罪《しょくざい》をしたかった。でもその方法が分からずにいた。だから幸せになることを避けて少しでも罪悪感を軽くしようとしていた。そうやって一生を全うするのが、僕の定めなんだと思っていた。それなのに、こんな、こんな――。

ああ、そうか。

今、確信した。

ウラシマトンネルの特性は、『欲しいものがなんでも手に入る』ではない。


『失くしたものを取り戻せる』


それが、それこそが、ウラシマトンネルの真の特性。

カレンのサンダルも、インコのキイも、優しい父さんと母さんがいた幸せな日々も、カレン自身も。

そして、誰かを愛する資格も。

僕が、過去に失くしたものだった。

「お兄ちゃん？　これ、いらないなら捨てちゃうよ？」

「ま、待って。いる。めちゃくちゃいるから……」

僕は慌てて両手で「愛するしかく」を受け取った。

触れた指先から、じわじわと熱みたいなものが腕を通って全身に伝わっていく。薄いA4用紙が、とてつもなく尊いものに感じられた。

長い時間を経《へ》て、やっと自由になれたような気がした。

「……ありがとう、カレン。これは大切にするよ」

「うん！　そうして！」

「それと……ごめん。早速なんだけどさ」

また恥ずかしいことを言ってしまうであろう自分に、僕は思わず苦笑した。

「少し、誰《だれ》かを愛したくなっちゃったよ」


自室に行くと、まるで僕の行動を予測していたかのように、リュックが置いてあった。

僕はリュックを回収し台所に向かう。冷蔵庫の扉を開き、二人分の食料を適当にリュックに放り込んでいく。トンネルのおおよその長さは把握しているから、必要な量は分かる。途中で怪我《けが》さえしなければ、そこまで苦労せずトンネルを抜けられるはずだ。

帰りの準備は問題なさそうだ。「愛するしかく」もシワにならないよう、クリアファイルに挟んでリュックにしまった。

僕は座敷に向かう。

「カレン」

呼ぶと、縁側でまだスイカを食べているカレンはこちらを振り返った。

「一緒にここを出よう」

カレンを香崎《こうざき》に連れ戻す。この家の居心地があまりにいいものだから忘れていたけど、それが当初の目的だ。ウラシマトンネルを二人で抜けるまで目的達成とはいえない。

「どこに行くの？　海？」

「海よりもっといいところだ。水族館もある。動物園もある。ここことは違う場所に行くんだ」

「ここにも水族館とか動物園とかあるよ？　遊園地だってプールだって、なんでも」

カレンが言うならきっとそのとおりなんだろう。この家がここに存在するように。でも、そうじゃないのだ。

「違うよカレン。たしかにここならなんでもあるのかもしれない。でも、僕たちはここにいるべきじゃないんだ。香崎に帰らないと」

「無理だよ」

しゃく、とカレンは大口でスイカをかじった。咀嚼《そしゃく》して、飲み込む。

「あたし、ここに慣れちゃってるもん。外でやってける自信ないよ」

「大丈夫！」

床に膝《ひざ》をつき、僕はカレンと目線を合わせて自分の胸をドンと叩《たた》いた。

「カレンの居場所は僕が作る。誰に邪魔されようと、僕が絶対になんとかする」

戸籍の存在しない人間が社会で生きていくのは、おそらく容易なことではない。でも、僕は自分の発言に絶対的な自信を持っていた。

カレンのためなら、僕はなんだってできる。

「だから、一緒に帰ろう?」

カレンは食べきったスイカを皿に置いて、困ったように笑った。

「……仕方ないなぁ。お兄ちゃんが、そこまで言うなら」

「よし! そうと決まれば早く行こう!」

カレンの手を引いて玄関から家を出ようとして、あることを思い出す。

「あ! 時間!」

やばい。カレンに夢中で完全に忘れていた。

居間に戻って時間を確認……いや、ダメだ。居間の時計じゃ僕がトンネルに入ってからどれだけ経《た》ったか分からない。トンネルの外から付けてきた、あの腕時計じゃないと。

どこだ? 僕の腕時計。いつの間にか外されている。カレンが着替えさせてくれたときに外したのだろうか。

「ねえカレン。僕の腕時計、どこにあるか知ってる?」

「ああ、これでしょ」

カレンがポケットから僕の腕時計を取り出した。

僕は慌ててそれを受け取って時間を見る。

五時三〇分。

僕が最後に腕時計を見たとき、短針は二時を指していた。だけどあの時点ですでに短針は一周していたから、現在の経過時間は五時間三〇分ではなく、一七時間三〇分。

……ほんとにそうか？

「カレン……僕、ここに来てからどれくらい寝てた？」

「すごくぐっすり寝てたよ。たぶん、半日くらい」

絶句した。

一二時間も眠っていたなら、腕時計の短針はすでに二周していることになる。それを踏まえて考えると……。

僕がウラシマトンネルに入ってから、計二九時間三〇分が経過している。

冷たい汗がこめかみを伝った。

「い、急ごう……！　長居しすぎた……！」

カレンの手を取り、早足で玄関から外に出た。

家の前はすぐ砂浜になっていた。ちょうど平原と砂浜の境に家が建っている感じだ。辺りには電柱も道路も見当たらない。あり得ない立地条件が、ここが現実ではないことを僕に強く実感させる。

ウラシマトンネルに繋《つな》がっている小屋はすぐに見つかった。家からずいぶん近くにあった。

砂浜を進み、僕とカレンは扉を前にする。

「よし……。カレン、準備はいい？」

「……うん」

浮かない顔だった。不安そうに俯《うつむ》いて、タンクトップの臍《へそ》の辺りをぎゅっと握っている。

「怖がらなくても大丈夫。道のりは長いけど、必ず着くから」

カレンの顔色は晴れない。

こうしている間にも時計の針は時を刻み続けている。悠長に励ましている暇はない。

覚悟を決めて、僕は扉をゆっくりと開いた。

扉の向こう側は急な下り坂が続いていた。僕がこの扉に辿《たど》り着くまでに、死にそうな思いで上ってきた坂だ。上りより下りのほうが体力的には楽だろうけど、転ばないよう気をつけないと。

「さあ、行こう」

扉の向こう側に第一歩を踏み出す。するとカレンが背中から抱《だ》きついてきた。

僕は首だけで振り返る。リュックに顔を埋めているせいで、カレンの表情は窺《うかが》えない。ただ、カレンの立っている場所は、まだ白い砂浜のある扉のあちら側だった。

「カレン？　どうかした？」

「お兄ちゃんはさ、今から大事な人に会いに行くんだよね」

「そうだよ。そのために、ここを出るんだ」

「前に、進もうとしてるんだよね」

「……カレン？」

ぎゅう、と服を掴《つか》むカレンの手に力が入る。

「ねえ、お兄ちゃん。本当は分かってるんでしょ？」

心臓が嫌《いや》な鼓動をした。

胸の辺りが苦しくなり、つい眉間《みけん》に力が入る。

「……なんのこと？　言ってる意味が分かんないよ」

「クマノミは海の魚だから、川の中じゃ生きられなくて、ずっとイソギンチャクに隠れてる。でも、サケは違うの。海でも川でも、元気に泳いで、滝だって昇っちゃう。おまけに、食べるとおいしい」

「そうだね。サケは美味《おい》しいよ。でも、それは今、関係ないよね」

「あるよ。お兄ちゃんは、サケなんだよ。でも、あたしはクマノミで――」

「バカなこと言うな！」

思わず、大きな声が出た。

「カレンはカレンだろう？　クマノミでもサケでもない。どこへだって行ける。だから、そんな悲しいこと言わないでくれよ……」

長い時間をかけてやっとここまで来たのだ。今さら一人で帰るなんてできない。

「大丈夫だよ。あたしはいつでも側《そば》にいるから……だから、ね」

カレンの手から力が抜ける。

「お兄ちゃんも、今を生きて」

トン、と軽く背中を押されて、僕は前につんのめった。

「カレン！」

名前を呼ぶと同時に後ろを振り返った。

そこにカレンの姿はなかった。

扉も跡形《あとかた》もなく消えていた。眩《まぶ》しい陽射《ひざ》しも、白い砂浜も、潮の残り香さえ残っていなかった。ただトンネルだけが永遠のように続いていた。

肺の中の空気をすべて奪われた気がした。

あの砂浜へ続く扉を捜そうとトンネルの奥に足を踏み出す。その瞬間、脳内でカレンの声が響いた。

『お兄ちゃんも、今を生きて』

お兄ちゃんも。

も、に誰《だれ》が含まれているのかは、考えるまでもない。

花城《はなしろ》だ。

カレンは、僕に花城と同じ世界で生きろと言っている。

それが、カレンが僕に残した最後のメッセージ。

「ううう……！」

僕は頭を抱《かか》えた。指を頭皮にめり込ませていく。

固く閉じた瞼《まぶた》から、涙が溢《あふ》れた。

「うううううう………！」

こうなることは、薄々予感していた。

ウラシマトンネルの真の特性は『失くしたものを取り戻せる』だ。だからこそ僕はカレンに会うことができた。誰かを愛する資格だって得た。だけど知らぬ間に取り戻していたものが他にもあった。

『現実と向き合う力』だ。

辛《つら》い過去を受け止め今を生きること。それは一〇歳で時が止まったカレンの存在と矛盾している。だから、どちらか片方を選ぶ必要があった。

きっとウラシマトンネルには悪意はおろか意思すらない。トンネルに足を踏み入れた者が失くしたものを、自動的に投影するだけ。では、そこに矛盾が発生すればどうなるのか。

おそらく、より強い思いが優先されることになるのだろう。

つまり、僕自身が、無意識に現実と向き合うことを選択していた。

カレンの死を、すでに僕は受け入れていたのだ。

……分かっていたことだ。

それでも、奇跡が起こってまたカレンと一緒に暮らせる日々が来るんじゃないかと、そんな期待を捨てきれずにいた。

甘い夢だった。

もう、目を覚まさなければならない。

歯が砕けるくらい強く奥歯を噛《か》み締める。腹筋に力を入れて、爆発しそうな感情を内に閉じ込める。さらにそれを押さえ込んで、蓋《ふた》をして、鍵《かぎ》を何重にもかけて、密封する。

目をゴシゴシと腕で拭《ぬぐ》い、力の限り叫んだ。


「カレぇぇぇン!!　いってきまぁぁぁぁぁぁぁぁぁぁぁぁぁぁっっっっっす!!」


僕は出口に向かって走りだした。

——いってらっしゃい。

そう、カレンに声をかけられたような気がした。

29時間35分が経過【外では8年と36日が経過】

暗がりを疾走する。

下り坂を全力に近い速度で駆け下りる。肩の骨を軋《きし》ませるリュックの重みは、僕から体力を奪うものの代わりに安心感をくれる。水も、食べるものもある。だから飢えを心配せずに済む。

あとは体力勝負。出口まで駆け抜ける。

うるさいくらいに心臓が鳴る。膝《ひざ》は踏み出すたびに分解して崩れるんじゃないかと思うくらいの痛みを発する。激しい呼吸の出入りで喉《のど》が張り裂けそうになる。

苦しい。しんどい。でも休まない。一回くらいは休むかもしれないけど、まだ休まない。

外には花城《はなしろ》がいる。彼女に会いたい。普通に生きていればもう二五歳だ。

僕は彼女に待たなくていいと伝えた。だから彼女は待っていないだろう。

恋人ができているかもしれない。僕のことなんて忘れてしまっているかもしれない。ひょっとすると結婚しているかもしれない。

それでも構わない。僕がウラシマトンネルを駆け回っていた間に花城がどんな人生を送ってきたのかを知りたい。

そしてできれば、彼女が描《か》いた新しい漫画を読みたい。

ああ、したいことが多すぎる！

ダンッ、と地面を勢いよく踏み込んでスピードを上げる。痛みも、疲労も、もう感じない。未来への希望が麻酔として働いている。願わくばトンネルを抜けるまで続いてほしい。

不思議だ。走れば走るほど体力が湧《わ》いてくる。速度が上がっていく。

坂を駆け下りる。足が絡まってすっ転ぶ。視界が回り、全身を強く打ちながら坂を転げ落ちる。鳥居の柱に頭をぶつける。だけどすぐに立ち上がりまた走り始める。右目に水が入る。汗ではない。触れると赤く濡《ぬ》れた。血だ。頭を打ったか。別に構わない。走るのに支障はない。

急げ。現実は待ってくれない。もっと速く。もっと速くだ。

いくら傷だらけになってボロボロになっても止まらない。時間が流れる限り走り続ける。這《は》ってでも進み続ける。

「あああああああああああああああ！」

僕は叫んだ。体力の無駄だと分かっているのに叫ばずにはいられなかった。

がむしゃらに走った。もう前さえろくに見ていなかった。

何度も転んだ。でもそのたびに起き上がった。

決して止まらなかった。

走り続けた――

＊　＊　＊

――走っている。

どこを？　分からない。なんのために？　それさえも。

何かから逃げているのかもしれない。それとも何かを追っているのかもしれない。

ただ、ずっと、走っている。走り続けている。

もちろん、今も。

千切れそうな脚に鞭《むち》を打って、精一杯腕を振って、前に進んでいる。

……進んでいる、はずなのに。

私は、いつまで経《た》ってもゴールに辿《たど》り着けない。

「んっ……」

首の痛みで目が覚めた。

ぺったり貼《は》りついた右頬《ほお》を机から引き剥《は》がし、頭を上げる。どうやら作業中に寝てしまったらしい。身体《からだ》の節々が油を切らした機械のように軋《きし》む感じがする。

机のデジタル時計に目をやる。時刻は午前三時。

私は椅子《いす》から立ち上がり、軽く伸びをした。腰からポキポキと小気味よい音が鳴る。

静まり返った部屋には、濃厚なインクと紙の匂《にお》いが漂っている。山積みの漫画が林立する自分の机に目をやり、そろそろ片付けなきゃ、と思う。片付けたら、シャワーを浴びて、ちゃんとベッドで眠ろう。

でも、その前に。これだけは終わらせなくちゃ。

一度ぐるりと肩を回してから、私はペン入れを再開した。

私が塔野《とうの》くんに置いてけぼりを食らったあの日。

ウラシマトンネルの前で彼が残した手紙を読んだあと、私は彼を追おうとした。トンネルの中の時間はゆっくりだから、入れば追いつけるかもしれなかった。

でも、私は引き返した。

『君は、今すぐにでも漫画家になるべき人間だ』

手紙に記されたその一文は、錨《いかり》のようにトンネルの外の世界と私を繋《つな》ぎ止めた。呪縛《じゅばく》といってもいいかもしれない。漫画を描《か》くことを放棄するのは、塔野くんに対する裏切りのように思えてならなかった。だから、トンネルの奥に進むことはできなかった。

あの手紙を読んだとき、私は自分でも驚くほど冷静でいられた。思い返せばそれは、「塔野くんに置いていかれた」という辛《つら》い現実を直視できなかっただけかもしれないけれど、おかげで自分のすべきことを正しく認識できた。

最初に私は、連絡をくれた編集さんに「やっぱり担当になってください」と伝えた。私の身勝手な言い分にも、編集さんは「それはよかった」と言って快く受け入れてくれた。

それからは、塔野くんの帰りを待ちながらひたすら漫画を描いた。

高校生のうちは、香崎《こうざき》高校に通いながら、描いた漫画を編集さんに送り続けた。何度もボツを食らったり、賞に落ちたりしたけど、やっとの思いで賞を獲得して、読み切りを本誌に載せることができた。

もちろん嬉《うれ》しかった。でも当時は素直に喜べずにいた。それは漫画に関して何か問題があったわけではなく、当時、私がいたクラスの状況に理由があった。

クラスメイトはみんな、塔野くんのことを忘れているようだった。家出をして学校に来なくなった塔野くんは、一時期、時の人となったけれど、それも三年に進学し、周りの生徒が受験や就職を間近に控えると、ごく一部の生徒を除いて誰《だれ》も話題にしなくなった。

幼い頃《ころ》、私が祖父の死から人に忘れ去られる恐怖を覚えたように。塔野くんの存在が風化していくのが怖くて、だから私は、誰よりも強く塔野くんを想《おも》った。

そういう理由もあって、卒業後は香崎で漫画を描き続ける道を選んだ。編集さんからは、上京して住み込みでアシスタントをするよう勧められたけど、私は今の土地にこだわった。だから香崎にある小さなアパートの一室を借りて、そこで執筆生活を始めた。

私が進学せずに漫画を描くことに、両親は猛反対した。二人の意志は固かった。だけど私の意志はそれ以上だった。勘当も覚悟して、私は漫画を描くことに専念した。

毎日、必死の思いで頑張った。その甲斐《かい》あって、高校卒業から一年後に、なんとか連載権を獲得するに至った。

連載が始まってからは毎日が大忙しだった。作業量は倍増し、睡眠時間は学生時代の半分にまで減った。

とにかく大変だったけど、連載の忙しさは『不安』を紛らわせるためのよく効く麻酔となった。

『不安』

塔野《との》くんの帰りを待たなかった日は、一度もない。


多忙を極める執筆生活の合間を縫って、私はたびたびウラシマトンネルを訪れた。

トンネルの出入り口に座り込んで、意味もなく独り言を呟《つぶや》いたり、漫画の進捗《しんちょく》具合を声に出してみたり、塔野くんの名前を呼んでみたりする。なんだかお墓参りをしているような感覚だった。さすがに花を供えたりはしなかったけど、いつ塔野くんが帰ってきても大丈夫なよう、トンネルを訪れるたび、近況と連絡先を記した手紙を書いた。あの日、塔野くんが私にしたのと同じように、手紙はボトルに入れ、トンネルの中に置いてきた。

手紙はいつも、読まれた形跡のないまま、トンネルに残っている。

ねえ、塔野くん。私はいつまで待てばいいの？

それとも、待つことすら間違っているの？


そんな言葉でさえ、トンネルの暗闇《くらやみ》は容赦なく呑《の》み込んでいく。


連載が始まってから一年が経《た》ち、物語が軌道に乗り始めた。

着地点は見えていた。あとは最高のラストを演出するため、エピソードを積み重ねながら伏線を張っていけばよかった。

連載生活にも少しばかり余裕が生まれた。そのせいか、塔野くんのことを考える時間が増えた。特に夏になると、毎日のように塔野くんと過ごしたあの夏のことを思い出していた。

あれは、私の人生で最も濃厚な夏だった。本当に楽しかった。なのに最近は、思い出すたびナイフで切られたような鋭い痛みが、胸に走る。そして開いた傷口からぬるりと不安が潜り込み、私の心を蝕《むしば》んでいくのだ。

塔野くんは、実はもうとっくにウラシマトンネルを出ているんじゃないだろうか。

本当は、私の知らない場所でひっそり楽しく暮らしているんじゃないだろうか。

私に関わりたくなくて、だからなんの連絡も寄越さないんじゃないだろうか。

不安で胸が潰《つぶ》れそうだった。


それからさらに二年が経《た》った。

とうとう私の連載作が完結した。打ち切りではない。出せるものはすべて出しきった。連載が始まる前から思い描いていた、理想的な締め方ができた。読者からも好評だった。

それなのに、気分は晴れなかった。

連載というレールを失い、暗闇《くらやみ》の荒野に投げ出された今、これからどこに向かえばいいのか分からなかった。

編集さんからは、新企画のネームを提出するよう言われていた。当然だ。連載が終われば次の話を考える。漫画家として生きていくならそれが当たり前。でも、漫画家以前に私自身がそれでいいのか、確信が持てなかった。より具体的にいうなら、私は迷っていたのだ。

塔野《とうの》くんを捜しに行くのか、新しい漫画を描《か》くのか。

トンネルに入って塔野くんを追いかける。そんな衝動に、今まで何度も駆られた。でもそのたびに、塔野くんが残した手紙や私の漫画家としての責務が——そして本能的な恐怖が、私がトンネルに入るのを妨げてきた。

塔野くんがウラシマトンネルに入ってもう大分経つ。トンネル内の時間に換算すると、すでに一日近くが経っている。どれだけ長いトンネルでも、それだけあれば普通は抜けられるだろう。塔野くんが未《いま》だトンネルの中にいると考えるなら、おそらく彼の身に何かあったのだ。罠《わな》か何かに嵌《はま》って身動きが取れないのかもしれない。もしくは恐ろしい何かに出くわして、怪我《けが》をしているのかもしれない。

嫌《いや》な想像が膨らむたび、胸が締めつけられた。

助けにいかなくちゃ、という思いはある。なのに、ウラシマトンネルの鳥居を前にすると、足が竦《すく》んで動けなくなってしまう。

私ももう大人になってしまった。なんでもかんでも勢い任せで行動できた、学生時代の自分とは違う。安定や保身を考えるようになった。自分の身を危険にさらすことが怖い。だけどそれ以上に、塔野くんの不在を知ることを恐れていた。もし彼がすでにウラシマトンネルを抜けていて、私に黙って香崎《こうざき》を去っていたとしたら？　私がトンネルに入っても、ただ膨大な時間を浪費するだけで終わる。

いっそ塔野くんのことを諦《あきら》めてしまおうか。

何度もそう思った。でも思うだけだった。携帯に着信があるたび、彼からの連絡を期待してしまう自分が、どうしようもなくそこにいた。

塔野くんを追うことも諦めることもできず、月日を重ねるごとにただ不安だけが募る。

私は、いつからこんなに臆病《おくびょう》になってしまったのだろう。

理由もなく明るい展望を抱《いだ》いていた昔の自分が、たまらなく眩《まぶ》しくて、妬《ねた》ましかった。

新作の構想も進まぬまま、日々は過ぎていった。

塔野《との》くんからの連絡は一向にない。だけど、懐かしい友人から食事の誘いがあった。

香崎《こうざき》の喫茶店で、私は川崎小春《かわさきこはる》に会った。

「あんず、久しぶり」

「うん……久しぶり」

川崎に会うのは高校を卒業して以来だ。たまにメールでやり取りしていたけど、私の連載が始まってからはその頻度も減っていき、一年近く連絡を取っていなかった。

数年ぶりに会う川崎は、優しさの滲《にじ》む人懐っこい笑《え》みを浮かべていた。高校卒業後に香崎を離れた彼女は、短大で教員免許を取り、このたびめでたく市街の小学校で教鞭をとることが決まったらしい。

高校生の頃《ころ》、教師になると川崎から聞いたときは、本当に驚いた。最初は冗談かと思ったけれど、彼女は明確な計画を立てていて、そしてそれを実行し、教師になってみせた。過去に私が川崎に抱いていた軽蔑《けいべつ》の念は完全に消えていて、今となってはむしろ尊敬すらしていた。

私たちは食事をしながら、近況報告を兼ねて他愛《たわい》もないことを話し合った。

「あんず、ちゃんと寝てる？」

「え？」

「目の下のクマ、ひどいよ。漫画家って連載が終わっても忙しいもんなの？」

「別に、そうでもないよ。ただ、最近ちょっと眠れなくて」

「えっ、不眠症？　なんか悩みでもあるの？　アイデアが思いつかないとか？」

「それもあるけど……」

「もしかして、塔野のこと？」

まさか見透かされると思っていなかったので、私は言葉を失ってしまった。

川崎はなぜかぶすっとした顔をして、テーブルに頬杖《ほおづえ》をついた。

「あいつ、どこ行っちゃったのかな……」

なんだかんだ言いつつ、川崎は高校を卒業してからも、塔野くんが家出したことを気にしていた。私は川崎のこういうところを好ましく思っている。

「まったく、あんずを放っておいてどこで何やってんだか。もし見つけたらぶん殴ってやんないとね」

私は薄く笑いながら「そうね」と相槌《あいづち》を打った。

しばらく食事に集中した。店内に流れる静かなジャズが、二人の沈黙を埋める。

「ねえ、川崎」

私はフォークでパスタを巻き取りながら、何気なく声をかける。

「ん、何？」

「もし、私が漫画を捨てて塔野《とうの》くんを捜すって言ったらどうする？」

川崎《かわさき》の手が止まる。目を丸くして、私を見つめた。

「あんず……まだ塔野のこと好きなの？」

「それは……」

「こんなこと言っちゃ悪いけど、ちょっと引きずりすぎじゃない？　塔野は私たちに何も言わずに消えちゃったのよ？　もし会えたとしても、向こうがどう思うか……」

「それでも、会いたいの」

私は語気を強めてそう言った。紛れもない本心だった。ただ、塔野くんと同じくらい、私にとって漫画も大事だった。

「……それは、どちらかじゃないとダメなの？　漫画を描《か》きながら塔野を捜すとかは」

「ダメ。そんなに甘くないよ。両方、中途半端で終わっちゃう」

川崎は困ったように眉《まゆ》を寄せた。

「あんず、ちょっと疲れてるんじゃない？　しばらくゆっくり休んで、改めて考えてみたほういいんじゃ……」

「そんなことできない！」

堰《せき》を切ったように言葉が溢《あふ》れ出した。

「足を止めたらダメなの。不安が、追いかけてくるから。追いつかれたら、辺りが真っ暗になって、何も考えられなくなる。それがね、一番怖いの。何かやってないと、不安で不安で仕方がなくなるの。でも、何かをやってても、それが正解かどうか分からなくて、結局、たまらなく不安になるの……」

私は縋《すが》るように川崎を見つめた。

「ねえ、私、どうすればいいと思う……？」

額《ひたい》を押さえてうなだれる。

川崎に訊《き》いてもどうにもならないことは分かっている。それでも、胸の内に溜《た》まったドロドロを吐き出さずにはいられなかった。

川崎は気まずそうに一度水を飲んでから、口を開いた。

「ごめん……私には分からない」

「……そうだよね。私のほうこそごめん。変なこと訊いちゃった」

こみ上げてくる恥ずかしさを私は笑ってごまかした。

食事を再開する。この店一押しの人気パスタは、なんだか味気なかった。

「なんか、昔を思い出したかも」

突然、川崎がそんなことを言った。

「高校生で、私があんずにぶん殴られてさ。それで色々あって、私ん家《ち》に宿題届けにきたとき……。私が、あんずみたいになりたいって言ったら、あんず、こう返したんだよね」

ややあって、続ける。

「何が正しいのかなんて誰《だれ》にも分からない。だからこそ自分が選んだ道を、正しかったと思えるまで走り続けるしかないんだよ……だったかな？　ちょっとうろ覚えかも。でもね、これだけは、はっきりしてる」

川崎《かわさき》はふっと優しく微笑《ほほえ》んだ。

「それで私は変われた。だからあんずも、自分の信じた道を突き進めば、きっと望んだとおりの結果になるよ」

川崎の言葉は、私の耳を通ってじわじわと全身に浸透した。

胸の奥が熱かった。心の奥底からマグマのように湧《わ》いてくる感情が、凝り固まった不安の澱《おり》を溶かしていく。全身に力が漲《みなぎ》ってくるのを感じた。

私はこの感情の正体を知っていた。昔は当たり前に持っていたもの。

勇気だ。

「なんて、結局は受け売りだし、どうすればいいのか分かんないんだけど……ってあんず？　大丈夫？」

「川崎……」

気づけば、涙が頬《ほお》を伝っていた。

「うん？」

「私、たぶんそこまでいいこと言ってない。かなり美化されてると思う」

「え!?　そ、そうなの？　やだ、恥ずかし……ごめん、もう昔のことだから……」

「ううん……ありがとうね」

おしぼりで自分の目を押さえる。

どうして今まで気づかなかったんだろう。

分かっていたことが、分からなくなっていたんだろう。

「……私、バカだ」

誰かがパチンとスイッチを切り替えたように目の前が開けて、進むべき道が見えた。

私は料理が盛りつけられた皿を掴《つか》み取り、残りの料理を一気に口にかき込んだ。

「あ、あんず？　急にどうしたの？」

「これ！　会計！」

財布から抜き取った一万円札をテーブルに置いて、私は口に料理を含んだまま走って喫茶店を飛び出した。

居ても立ってもいられなかった。待ってるだけじゃ何も始まらないことに気がついたから。

私は塔野《とうの》くんも漫画も諦《あきら》めたくない。どちらかなんて選べない。

なら、両方掴み取ればいいだけの話だ。

私はウラシマトンネルに挑む。それで塔野くんが見つからなければ、今度は世界中を捜してみせる。漫画は、川崎《かわさき》の言うとおり、捜しながら描《か》けばいい。生きている限り、漫画は描ける。

悲惨な結果になるかもしれない。二兎《にと》追う者は一兎《いっと》も得ずなんてことわざもある。でも、二兎を得るには、二兎を追うしかないのだ。立ち止まっていたら、何も捕まえられない。

そんなのは、絶対に嫌《いや》だ！

私のすべてが叫ぶように『走れ』と訴えている。

全力で追いかけろ、って。

熱い血液が巡る頭の中で、走馬灯のように記憶が錯綜《さくそう》する。

香崎《こうざき》への転校、不良との喧嘩《けんか》、初めて歩いた線路の上、川崎との和解、トンネルで繋《つな》いだ手、三人で行った夏祭り、突然の別れ——彼と過ごした夏の思い出の一つ一つが、叱咤《しった》するように私の背中を押してくる。

ねえ、塔野《との》くん。あなたのこと、絶対に見つけてみせるから。

走って、捜すから。

だから、お願い。

私が見つけるまで、無事でいて——。

塔野くんがウラシマトンネルに入ってから五年。

彼との時間を取り戻すために、私は走りだした。

＊　＊　＊

花城《はなしろ》……花城……！

口の中で彼女の名前を繰り返しながら、トンネルを駆ける。

身体《からだ》が燃えるように熱い。指先まで血の巡りを感じる。心臓は、全身の細胞を激励するかのように激しく鼓動している。

花城……花城……！

靴のグリップを最大限に活《い》かし、ぎゅんとカーブを曲がる。ペースは落ちない。顔面に空気の壁を感じる。そしてそれを突き破らんと身体は常に急《せ》いている。

花城……花城……！

とうに限界を迎えていてもおかしくない肉体は、それでも高らかに祝福を歌う。もっと速く、さらに前へと、しつこいくらいに繰り返す。

花城……君は、覚えているかな。

香崎で過ごしたあの夏のことを。

思えばファーストコンタクトはあんまりな形だった。失言とも取れる僕の一言が偶然君の気を引いて、それが取っ掛かりとなって僕たちはウラシマトンネルで出会った。秘密を共有し、トンネルのことを調べていくうちに、僕は君の多くを知った。

君は、僕が持っていないものをたくさん持っていた。

君は僕に「憧《あこが》れてた」と言っていたけれど、僕のほうこそ君に憧れていた。

君が眩《まぶ》しかった。

君の気高さが、実直さが、可憐《かれん》さが、僕の灰色の毎日に色彩を与えてくれたんだ。

だから、忘れない。

もし君が忘れていたとしても、僕はずっと覚えている。

鮮やかに駆け抜けた、二人で過ごした一七歳のあの夏のことを。

ずっと、覚えてる——。

ガクンッ、と急に足の力が抜けた。知らないうちに限界を迎えていたらしい。

倒れる。前方はかなり急な下り坂。受け身を。ダメだ間に合わない。

「しまっ——」

咄嗟《とっさ》に顔を守ろうと伸ばした腕が地面にぶつかって激痛が走る。それでも勢いは収まらず、身体《からだ》は前に一回転して背中を強くぶつけた。肺の空気がすべて押し出され、口から「かふ」と声ともつかない音が漏れる。さらに坂を転げ落ち——。

意識はプツリとちぎれた。

終章

暗闇《くらやみ》に包まれていた。

硬くて重い、石の中に閉じ込められているかのような感覚だった。全身は固定されて、意識だけがぼんやりと宙に浮いている。

首を巡らせるどころか、指一本動かせず、声を上げることもできない。

ただ、冷たい感触が足元から這《は》い上がってくるのを感じていた。

混乱と恐怖が湧《わ》いてくる。逃げ出したくて、必死にもがいた。声にならない叫びを上げた。

すると、暗闇の向こうに針の先ほどの光が差した。同時に、少しだけ身体《からだ》の自由が利くようになった。

重い手脚を振り回すようにして、暗闇をかき分ける。

光はどんどん大きくなる。

少しずつ前進していると、光を背に誰《だれ》かが立っていることに気がついた。

逆光で顔は見えない。でも、女の人なんだろうな、ということはなんとなく分かった。

光に近づくにつれ、彼女の姿は、くっきりとした輪郭を持ち始めた。

「――」

彼女が何か言っている。ここからではよく聞こえない。

でも、なぜか、妙に懐かしい感じがした。

それに、会いたい、と強く思った。

暗闇の中を泳ぐように進み、距離をゆっくりと縮めていく。

そして、僕は彼女に手を伸ばした。

「──う──野《の》──塔《とう》──くん──」

声が聞こえる。

「──塔野《とうの》くん。塔野くん」

僕を呼んでいる。泣きそうな声で、必死に何度も名前を繰り返している。

「塔野くん！」

ポツリ、と頬《ほお》に水滴が落ちる感触がして、僕は目を覚ました。

泣いている女性が僕を見下ろしていた。距離の近さに思わず身じろぐ。どうやら僕は膝枕《ひざまくら》をされているらしかった。さらに彼女は、僕の手を両手で握って包み込むように頬ずりしていた。

その人は花城《はなしろ》に似ていた。僕が知っている花城よりも髪が短くて少し大人っぽかった。花城のお姉さんと言われれば通じるくらいだ。

この人はどうして泣いているんだろう。どうしてここにいるんだろう。

僕の記憶がたしかなら、ここはウラシマトンネルで、それもかなりの深部だったはず。

「塔野くん……大丈夫？　私のこと、分かる？　花城だよ。花城、あんず……」

はなしろあんず……花城《はなしろ》⁉

「なっ、なんで君が……！」

慌てて身体《からだ》を起こしたら、ズキン、と頭痛がして僕は頭を押さえた。髪にこびりついた乾いた血がパラパラと滑り落ちていく。

手を握っていた女性は驚いたように両手を離して、僕の肩を優しく支えた。

「ダメ！　あんまり動かないほうがいいよ。怪我《けが》、してるから……」

「あ、ああ……」

地面に座りこんだまま互いに向き合う形となる。僕は彼女の顔をまじまじと見つめ、彼女のほうも僕の身を案じるような眼差《まなざ》しを注いできた。

「塔野《とうの》くん、大丈夫？　頭、痛くない？　気分が悪かったりしない？」

「うん……頭は、ちょっとぶつけただけ。血、とっくに止まってるし、別に、気分も悪くない。僕は、大丈夫……」

「そっか……よかった……」

心底ホッとしたように胸を撫《な》で下ろす。

対して、僕はまだ混乱していた。夢を見ているんじゃないかとさえ思っている。

「君は……花城、なのか？　どうして、ここにいるんだ？」

「どうしてって……そんなの、決まってるでしょ！」

花城はかっと目を見開くなり、握りこぶしを振り上げた。しばらく上げた手をどこに下ろすか迷うように彷徨《さまよ》わせたあと、ポスン、と僕の胸を殴った。

当然のように痛くない。だけどその手にはたしかな重みがあって、ああ、これは夢じゃないんだな、と漠然と思った。

花城は今度は両手を広げると、僕の身体を強く抱きしめた。汗の香りがふわっと鼻先を漂う。

「あんまり遅いから迎えに来たんじゃない！」

耳元で叫ばれて鼓膜がキインとする。だけど不快な感じはしなかった。

「迎えにって……君は、漫画家を目指すことを選んだんじゃ……？」

「選んだよ！　漫画家にだってなった！」

「だ、だったら」

「完結したの！　連載が終わって単行本だって出た！　最高の締め方ができた！　だから塔野くんを追いかけてずっとずっとトンネルを進んでここまで来たの！　悪いの!?」

驚きで返す言葉が見つからなかった。

連載、単行本、そして完結。それらを僕がウラシマトンネルにいる間に成し遂げたのか？

すごい。素直にそう思った。並の努力で成し遂げられることじゃない。それに、この永遠のように続くトンネルを、ずっと一人で……。

突然、僕を抱きしめる花城の手に力が入った。

「ねえどうして待たなくていいなんて書いたの⁉　ひどい！　一緒に行くつもりだったのに！　どうして置いてっちゃうのよ！　私があのとき迷ったのがいけなかったの⁉　だから見放したの⁉」

「いや、そんなんじゃ……」

「うあああああああん！　ごめんなさい！　でも私のこと嫌いにならないで！　一人にしないでよ！　ああああああああん！」

花城《はなしろ》の頭を乗せた右肩がじわりと湿る。爪《つめ》を立てた細い指が、痛いほど背中に食い込んだ。

やっぱり、年を取るほど涙もろくなるっていうのは本当なんだろう。

僕は花城の頭をゆっくりと撫《な》でた。

「ごめん……辛《つら》い思いをさせちゃったみたいだね……」

「絶対に許さないから……もう離れないで……」

「うん……大丈夫。これからは君を置いていったりしないよ。一緒に歩んで行こう」

「……ほんとに？」

花城の肩を掴《つか》んで身体《からだ》を引き離す。涙と鼻水でぐちゃぐちゃになった彼女は、それでも綺麗《きれい》だった。

僕は一呼吸置いてから、思い切って花城に顔を寄せた。

唇《くちびる》を重ねる。軽く歯が当たって一瞬「失敗したかも」と思ったけど、気にしないことにする。

五秒くらいそうしていた。外では大体六時間に相当するキス。

顔を離す。ファーストキスは、ほんのり塩の味がした。

僕は立ち上がり、呆《ほう》けたままでいる花城に手を差し伸べた。

「さあ、帰ろう」


四七時間五六分。

僕がウラシマトンネルの向こう側にいた合計時間だ。これを外の時間に換算すると……。

一三年と四五日、となる。

身体は一七歳のまま、僕は戸籍上、三〇歳となった。一方で花城は僕より五年遅れてウラシマトンネルに入ったそうなので、身体は二二歳とのことだった。もうすっかり大人の女性だ。

僕たちがウラシマトンネルを出てきたのは、九月の夕暮れ時だった。

往来に出ても、一三年もの間、外の世界から隔離されていた実感はさほど湧《わ》かなかった。香《こう》崎《ざき》は相変わらずド田舎だったし、近々合併するだろうと思っていた香崎高校は普通にあった。驚いたことといえばせいぜい、電車内で最新の携帯を見かけたときくらいだ。みんな素手でぺたぺたと画面に触れていたけど、あれは指紋で汚れたりしないんだろうか。

トンネルを走り回りボロボロになっていた僕は、とりあえず適当な店で身なりを整え、花城《はなしろ》と市街にあるビジネスホテルにチェックインした。

ツインルームの部屋に入り交代でシャワーを浴びたあと、僕たちはベッドに座って今までのことを話し合った。

僕は、ウラシマトンネルを駆け回り、カレンと再会したことを。

花城は、ひたすら漫画を描《か》き続けた連載生活のことを。

夢中になって語り合った。気がつくと日を跨いでいた。

「私は漫画を描くよ」

花城がそう切り出したのは、今までのことから今後の方針について話し始めた頃合《ころあ》いだった。

「マンションを借りて、再デビューを目指そうと思うの。二年くらいなら働かなくても食べていけるだけのお金はあるし、私はそれくらいしかできないから」

「うん。いいと思うよ。というか、僕に否定する権利はないし」

「塔野《とうの》くんは今後どうするか考えてる?」

僕はぎくりとした。

実はノープランだ。ウラシマトンネルに入る前はカレンに会うことしか考えていなくて、出たあとは「頑張れば生きていけるだろう」くらいのふわっとした見通ししか持っていなかった。自分の浅はかさをひけらかすようで情けない限りだけど、嘘《うそ》をつくわけにもいかない。僕は正直に言った。

「ごめん。まったく考えてないや。でも、働かなきゃいけないなとは思ってるよ」

花城は困ったような顔をして顎《あご》に手を添えた。

「うーん……でも塔野くん、戸籍上ではもう二〇歳でしょ？　それは私も同じなんだけど、中卒で一三年も空白期間がある人って、ちょっと就職が大変だと思うの」

とても現実的なお言葉だった。まったくもってそのとおりで胸が痛くなる。

それでも頑張るよ、と言おうとしたら、花城は「ところで」と高い声で遮《さえぎ》った。

「私、上京しようと思ってるの」

「え、そうなの？」

「うん。東京のほうが何かと便利だから。それで、アシスタントも募集しようと思ってて」

「アシスタント？」

「漫画を描くお手伝いをしてくれる人。トーン貼《は》りとかベタ塗りとか、簡単な背景くらい描ける人がいればいいなって思ってる」

……僕にできるだろうか。美術は三か二しか取ったことがないし、絵心もまったくない。簡単な背景ってどれくらいのレベルのことをいうんだろう。砂漠とか焼け野原ならなんとか描けるかもしれないけど……いやキツイかな。

自分でもできそうなことをうんうん考えていたら、花城は「ふふ」と笑って、後ろ向きにべッドに倒れた。

「それと、家事ができて優しい人だったらもっといいかなぁ。私が困ったとき、相談に乗ってくれたり励ましたりしてくれて、二四時間三六五日、ずーっと働いてくれるアシスタント。そんな人、どこかにいないかなぁ」

なるほどそういうことか、と納得して僕は花城《はなしろ》の横に座って身体《からだ》を抱き起こす。

「僕でよければ、手伝うよ」

「……私、塔野《とうの》くんより五つも年取っちゃったけど大丈夫？」

「うん。僕は年上が好みなんだ」

「それホント？」

「嘘《うそ》。花城だからいい」

「あはは。前から思ってたけど、塔野くんって結構キザっぽいよね」

「そうかな」

「そうだよ」

会話が途切れて、じっと見つめ合う。

なんかいい雰囲気だな、と思っていたら、突然、顔面に枕《まくら》を押しつけられた。

「ははは！　恥ずかしいから無理！」

「やったな！」

僕は仕返しでもう一つの枕を取って花城に投げつけた。それを花城は難なく掴《つか》み取り、両手に枕を持って僕を叩《たた》き始めた。僕は笑いながらそれを防いだ。

ひとしきりじゃれ合ったあと、二人してくたくたに疲れて寝てしまった。


ウラシマトンネルを抜けてから数日が経《た》った。

生活の目処《めど》がようやく立ってきた。

細かい手続きを終えて、僕たちは東京郊外にあるマンションを借りることにした。今はまだ香崎《こうざき》にいるけど、部屋はもう決めていて、明日そこへ引っ越す予定だ。

花城は再デビューに向けて毎日漫画を描《か》いたり読んだりしている。前の連載が終了したのはもう八年前なので、頑張って今の流行を掴もうとしているらしかった。

ちなみに、僕が楽しみにしていた花城の漫画はすでに読ませてもらっていた。最初にちゃんと本になっていることに驚いて、内容を読んでまた驚いた。花城の部屋で読んだものに比べて、格段に画力が上がって内容も面白くなっていたのだ。僕がベタ褒めすると、花城は高校生の頃《ころ》と同じように、耳まで真っ赤にして照れた。

高校生の頃といえば、川崎《かわさき》さんと加賀《かが》に昨日会った。僕たちが食事に誘ったのだ。

当然ながら二人とも大人になっていた。高校生の頃とまるで変わっていない僕を見るなり、加賀は驚き、川崎さんは泣きながら僕の肩を殴った。どこにいたんだ、と半ば怒られるように問われて、僕はすべて正直に話した。

「幻覚でも見てたんじゃねえの、って言いたいところだが……お前ら見てるとあながち嘘《うそ》とも思えねえんだよなぁ。まぁ、戻ってきてよかったよ」

「もう本当心配したんだから！　塔野《とうの》もあんずも、急に連絡取れなくなっちゃうし……でも、また会えて本当に嬉《うれ》しい……」

　それから四人でお好み焼きをつつきながら、思い出や近況を語り合った。

　三〇歳になった二人は、今や立派な社会人だ。加賀《かが》は地元の不動産会社に勤めるサラリーマン、川崎《かわさき》さんは教師をやっている。事前に花城《はなしろ》から話を聞いて知っていたものの、実際に本人たちの口から耳にすると、驚きを隠せなかった。特に川崎さんはそうだ。人間、どうなるか分からない。

「お前、ちょっと変わったな」

　花城と川崎さんが談笑している最中、加賀にそんなことを言われた。

「見た目は全然だが……存在感が大きくなったっていうか、堂々としてるように見える」

「あー、結構いろいろあったからね……」

「今のお前なら川崎にパシられそうになってもはっきり『嫌《いや》』って言いそうだな」

「ちょっと！　私もうそんなことしないから！」

　横から川崎さんが突っ込むと、あはは、と笑いが起こった。

「ま、自分の芯がお前にもできたってことなんだろうな。それ、大事にしろよ」

「うん……ありがとう。ほんと、加賀は僕のことよく見てるよね」

「人間観察が俺の趣味だからな」

懐かしいやり取りに、つい顔がほころぶ。

「そういや、そうだったね」

話題が尽きてきた頃《ころ》、ウラシマトンネルなんてものが本当にあるなら見てみたい、と加賀が言い出したので、食事を終えてから僕たちはウラシマトンネルを見に行った。

ウラシマトンネルはなくなっていた。

そもそも最初から存在していなかったかのように、トンネルがあった場所には一枚の岩壁がそそり立っていた。

「なあ、これはどういうことなんだ？」

加賀に訊《き》かれて、僕は肩を竦《すく》めた。

「……やっぱり、全部幻覚だったのかも」

四人揃《そろ》って化《ば》かされたような気分だった。

加賀と川崎さんと別れたあと、僕と花城はある場所に向かった。

ワンマン電車を降り、線路沿いの道路を進む。閉店した米穀店の脇《わき》を通り、相変わらずシャッターが閉じたままの消防格納庫を過ぎたところで、目的の場所に着いた。

僕の家だ。正確には、僕の住んでいた家。

『空き家』の立て札の横を通り過ぎ、扉に鍵《かぎ》を差し込む。錠は取り替えられていないようで、扉を開けることができた。

父さんはすでに香崎《こうざき》から引っ越している。これは加賀《かが》から聞いたことだ。そして僕の家は、誰《だれ》も買い手がつかなかったらしい。かなり古い木造住宅なので、無理もないと思った。そのうち取り壊されるかもしれない。

お邪魔します、と言って花城《はなしろ》が家に上がる。当然、誰もいないので返事はない。

まだ昼間なのに家の中は薄暗かった。窓とシャッターを閉め切っているせいだろう。

濃厚な木の香りとホコリ臭さに満ちた廊下を進む。天井のクモの巣に引っかからないよう階段を上がり、僕の部屋を前にした。

僕は扉を開ける。

「……何もないね」

花城が呟《つぶや》いた。

僕の部屋は空っぽになっていた。ベッドも勉強机もないせいで、六畳の空間がやけに広く感じられる。

花城は分かりやすく肩を落とした。そもそも僕たちがこの家にやって来たのは、花城が「塔《とう》野《の》くんの思い出の品を回収しておきたい」と言い出したからだった。アルバムなんかを期待していたらしい。

「そりゃあね、普通は綺麗《きれい》にして出ていくよ。来る前にも言ったけどさ」

「少しくらいは残ってると思うじゃん」

「これからどうする？　もっと探してみる？」

花城は首を振った。

「諦《あきら》める。この様子だと他の部屋も空っぽだろうし、探すにしても物色するみたいで気が引けるから……帰ろう」

頷《うなず》いて、僕たちは引き返す。玄関で靴を履いたところで、僕はあることを思い出した。

「あ、そうだ。あれを持って帰ろう」

「あれって？」

「こっちこっち」

玄関を抜けて庭に回る。床下の隙間《すきま》を見つけて、僕はそこに手を伸ばした。

指先が冷たいものに触れた。やった。まだあった。

土埃《つちぼこり》をかぶった銀の四角い缶——宝箱を取り出すと、花城が不思議そうに訊《き》いてきた。

「それは？」

「この中にカレンの遺品を入れてあるんだ」

遺品、という言葉に花城《はなしろ》は一瞬だけ戸惑いを見せたものの、すぐに「そうなんだ」と神妙な顔で相槌《あいづち》を打った。

「たしか、僕の写真も何枚かあったと思うよ。もれなくカレンも写ってるけど」

蓋《ふた》を開ける。

一番上にはカレンの赤いサンダルがある……のだけど、その上に見慣れない封筒があった。

「あれ？　なんだこれ」

何も書かれていない簡素な茶封筒だ。僕が入れた覚えはない。

首を傾げながら、封筒の中を覗《のぞ》く。便箋《びんせん》が一枚だけ入っていた。取り出して、広げてみる。

そこには、僕の知らない土地の住所と電話番号が記されていた。

一番最後の行には、父さんの名前があった。

「あ……」

たぶん、これは引っ越し先の住所と連絡先だ。

父さんは宝箱のことを知っていたのか。

僕がウラシマトンネルに入る前から知っていたのか、それよりあとに知ったのかは分からない。でも、父さんは宝箱の存在を知っていて、捨てずに置いたままにして、連絡先を記した封筒を中に入れた。それはたしかなことだ。

わずかな疼痛《とうつう》が胸に走る。

——なんだよ、完全に忘れ去るつもりじゃなかったのか……。

「それ、塔野《とうの》くんのお父さんの？」

花城が心配そうに訊《き》いてきた。

「うん……」

「どうするの？」

「……一緒に持って帰るよ。いつか……会うときが来るかもしれないし」

そのときは、また昔みたいに話せたらいいな、と思う。

胸に生まれたほのかな期待を噛《か》み締めていると、突然、花城に腕を引かれた。

「不安なら、私も一緒に行ってあげる」

とびきりの笑顔で言われて、僕も笑顔で答える。

「それは頼もしいね」

宝箱を抱《かか》えて、二人で家を後にした。

びゅう、と吹いた風が電線を鳴らす。冷気が襟元《えりもと》に忍び込み、僕は身震いした。

セミの鳴き声はもう聞こえない。僕たちが過ごした夏は終わり、じきに秋を迎える。

そしてまた、来年も夏は来るのだ。

あとがき

よい小説を書きたいな、と思う。

よい小説っていうのは、誰《だれ》かの心に一生残り続ける、価値観をガラッと変えてしまう、たくさんの人に評価されて歴史に残る、とか、そういうんじゃなくて、本を開いたら、現実の不安とか後悔とか嫉妬《しっと》とか焦燥とか、そんな負の感情を振り切って、読者を物語の世界に引きずり込むような、そういう、重力のある小説。夢中になって読み進めて、最後のページをめくってふと顔を上げたら、何時間も経《た》っていた、みたいな、それこそあの、ウラシマ効果を、小説で引き起こすことができたら、それって、最高によい小説だと、僕は思う。

と、まったくアルコールを受け付けない体質であるにもかかわらず、酔っぱらいのように繰り返した夜が、たしかにあった。

僕のデビュー作『夏へのトンネル、さよならの出口』が、読者様にとって重力のある小説となっていただけたなら、著者として無上の喜びです。

本作の出版に至り、多くの方々からご助力を賜りました。

担当編集の濱田《はまだ》様。右も左も分からない僕に的確なアドバイスをくださり、ありがとうございました。作品に対してとても真摯《しんし》に向き合っていただいたことが何より嬉《うれ》しかったです。

イラストを担当してくださったくっか先生。初めてカバーイラストを拝見したとき「ああ、これは絶対に手を抜けないな」と身が引き締まりました。それくらい素晴らしくて、本当、息を呑《の》みました。

ゲスト審査員の浅井《あさい》ラボ先生。原稿を読んでいただいた際、その読み込みの深度にプロの世界を垣間《かいま》見た気がしました。帯の推薦文に恥じないよう、これからも精進致します。

上の姉。いろいろ話を聞いてくれてありがとうございました。いやほんとデビューするまで創作の話で相談できる相手が一人もいなかったもので……無病息災を祈ります。

そして作家を目指していた頃《ころ》の僕。後悔と焦燥の日々を這《は》いずるように進み続けた君の努力は、今、ここに本となって現れています。多少の回り道や失敗はあったものの、君のやってきたことは決して無駄ではなかった。諦《あきら》めないでくれてありがとう。

また、この場で名前を挙げさせていただいた方以外にも、本作に携わられたすべての方々に、多大なる感謝を申し上げます。

それでは、またお会いしましょう。

二〇一九年　某日　八目《はちもく》迷《めい》

GAGAGA

ガガガ文庫

心が温まる。
変わる、成長、丸くなる。

夏へのトンネル、さよならの出口

八目 迷

いちおし、
(面白いかも？)

発行　2019年7月23日　初版第1刷発行

発行人　立川義剛

編集人　星野博規

編集　濱田廣幸

発行所　株式会社小学館
〒101-8001 東京都千代田区一ツ橋2-3-1
[編集]03-3230-9343　[販売]03-5281-3556

カバー印刷　株式会社美松堂

印刷・製本　図書印刷株式会社

Printed in Japan　ISBN978-4-09-451802-3